Henrik Ibsen

Komödie der Liebe

Komödie in drei Akten

www.elv-verlag.de

Henrik Ibsen

Komödie der Liebe
Komödie in drei Akten

ISBN: 978-3-86267-170-0

Auflage: 1
Erscheinungsjahr: 2011
Erscheinungsort: Bremen, Deutschland

Europäischer Literaturverlag GmbH, Fahrenheitstr. 1, 28359 Bremen (www.elv-verlag.de).

Komödie der Liebe
Komödie in drei Akten

Personen

Frau Halm, eine Beamtenwitwe

Schwanhild,

Anna, ihre Töchter

Falk, ein junger Schriftsteller,

Lind, Student der Theologie, ihre Zimmerherren

Goldstadt, Großkaufmann

Stüber, Aktuar

Fräulein Elster, seine Braut

Strohmann, Landpastor

Frau Strohmann

Studenten, Gäste, Familien und Brautpaare

Die acht kleinen Mädchen des Pastors

Vier Tanten, eine Hausmamsell, ein Bursche

Dienstmädchen

Erster Akt

Ein hübscher Garten mit unregelmäßigen, doch geschmackvollen Anlagen; im Hintergrunde wird der Fjord mit seinen Inseln sichtbar. Links vom Zuschauer aus das Wohnhaus mit einer Veranda; über ihr ein offenstehendes Giebelfenster. Rechts im Vordergrund eine offene Laube mit Tisch und Bänken. Die Landschaft liegt in kräftiger Abendbeleuchtung. Es ist Frühsommer; die Obstbäume blühen.

Beim Aufgehen des Vorhangs sitzen Frau Halm, Anna *und* Fräulein Elster *auf der Veranda, die beiden ersten mit Handarbeiten, die letztere mit einem Buch. In der Laube sieht man* Falk, Lind, Goldstadt *und* Stüber; *auf dem Tisch stehen eine Punschbowle und Gläser.* Schwanhild *sitzt allein im Hintergrund am Wasser.*

FALK *(steht auf und singt mit erhobenem Glas.)*
Welch ein Tag im trauten Garten,
Reich an Sonne, reich an Glück;
Tröst dich, bleibt dem Lenzerwarten
Oft genug der Herbst zurück.
Lasst uns heute dieser Blüten
Rosigen Gewölbs uns freun, -
Morgen mag ein Wetter wüten
Und in alle Welt sie streun!

CHOR DER HERREN.
Morgen mag ein Wetter wüten
Und in alle Welt sie streun!

FALK.
Warum schon nach Früchten fragen,
Da noch rings die Bäume blühn?

Warum unter Klag- und Plagen
Uns um Ungewisses mühn?
Schrille Vogelscheuchen schrecken
Tag und Nacht die muntre Brut -
Finkenschlag in Laub und Hecken,
Brüder, gibt doch bessern Mut!

CHOR DER HERREN.
Finkenschlag in Laub und Hecken,
Brüder, gibt doch bessern Mut!

FALK.
Lass den leichten Sänger sitzen
In der süßen grünen Pracht!
Lass ihn seinen Lohn stibitzen,
Wenn er dich auch ärmer macht.
Seh' dich doch beim Tausch gewinnen,
Handelst Sang statt später Frucht;
Denk, noch eh' viel Monde rinnen,
Wendet sich das Laub zur Flucht.

CHOR DER HERREN.
Denk, noch eh' viel Monde rinnen,
Wendet sich das Laub zur Flucht.

FALK.
Leben will ich, will genießen,
Bis der letzte Strauch verdorrt;
Wenig soll's mich dann verdrießen,
Fegt ihr all den Abfall fort.
Tor auf! Schaffe sich die Herde
Dann noch einen satten Tag;
Brach nur ich die Blüten, werde
Mit dem toten Rest, was mag!

CHOR DER HERREN.
Brach nur ich die Blüten, werde
Mit dem toten Rest, was mag!
(Sie stoßen an und leeren die Gläser.)

FALK *(zu den Damen.)*
Das war das Lied, um das Sie baten; - zwar
Ich fürchte, dass es nicht sehr geistreich war.

GOLDSTADT.
Was tut's? Ein Lied, das soll vor allem klingen!

FRL. ELSTER *(sieht sich um.)*
Und unsre Schwanhild flog uns einfach fort.
Erst überredet sie Herrn Falk zu singen -
Und gibt dann Fersengeld.

ANNA *(zeigt nach dem Hintergrund.)*
                      Sie sitzt ja *dort*.

FRAU HALM *(mit einem Seufzer.)*
Kein Schliff, soviel ich auch an sie verschwende!

FRL. ELSTER.
Doch scheint mir fast, Herr Falk, des Liedes Ende
Mit jener Poesie zu schwach beprägt,
Von der es sonst doch manche Spuren trägt.

STÜBER.
Ja, und du konntest doch wahrhaftig leicht
Am Schluss noch etwas mehr davon platzieren.

FALK *(stößt mit ihm an.)*
Wie man ein rissig Brett mit Kitt verstreicht,
Bis sich die Flächen speckig marmorieren.

STÜBER *(unbeirrt.)*
Es ging ganz gut; ich weiß doch, was man kann,
Ich hab' doch selbst -

GOLDSTADT. Den Pegasus geritten?

FRL. ELSTER.
Mein Bräutigam? Gott, ja!

STÜBER. Nur dann und wann.

FRL. ELSTER *(zu den Damen.)*
Er ist im Grund romantisch.

FRAU HALM. Unbestritten.

STÜBER.
Nicht mehr; das war in junger Jahre Wirrnis.

FALK.
Ja, ja, Romantik, die verfliegt wie Firnis.
Doch früher also - ?

STÜBER. Ja, zu jener Zeit,
Als ich verliebt war.

FALK. "War"? Vergangenheit?
Du hast den Liebesrausch schon ausgeschlafen?

STÜBER.
Jetzt bin ich doch *verlobt*, bin fast im Hafen,
Was mehr ist, als *verliebt* sein, will mir scheinen.

FALK.
Und ob! mein alter Freund, das will ich meinen!
Da war's getan, als dir der Schritt geglückt war -
Und Liebschaft zu Verlöbnis aufgerückt war.

STÜBER *(mit einem Lächeln behaglicher Erinnerung.)*
's ist seltsam! Wenn ich jene Zeit betrachte,
Ich möchte schwör'n, es fopp' ein Trugbild mich.
(Wendet sich zu Falk.)
Das sind nun sieben Jährlein her, dass ich
Auf der Kanzlei geheime Verse machte!

FALK.
Du dichtetest - am Pult?

STÜBER.   Am Schreibtisch dort.

GOLDSTADT.
Silentium! Der Aktuar hat's Wort.

STÜBER.
Zumal oft abends im Bureau allein,
Da konzipiert' ich ganze Verse-Reihn,
Ich nahm oft drei gebrochne Bogen mit.
Das ging!

FALK.   Du gabst der Muse bloß 'nen Tritt,
So trabte sie -

STÜBER.   Ob mit, ob ohne Stempel,
Mir passte jedes Blatt in mein Programm.

FALK.
So überschwoll dein Versstrom jeden Damm?
Doch wie erbrachst du, sag', der Musen Tempel?

STÜBER.
Mit jenem Dietrich, den man Liebe nennt!
Mit andern Worten, meiner Verskunst Amme
War, die Ihr heut als mein Verlöbnis kennt,
Denn damals war sie -

FALK.   Nur erst deine *Flamme.*

STÜBER *(fortfahrend.)*
Das war 'ne Zeit! Mein Jus lag recht im schlimmen;
Die Feder statt zu *spitzen,* tat ich *stimmen,*
Und riss sie das Papier, so klang ihr Schrei
Wie Melodie zu meiner Schreiberei; -
Doch schließlich fand ich es denn doch zu laut -
Und schrieb an meine -

FALK.   Deine spätre Braut.

STÜBER.
Desselben Datums lief noch Antwort ein, -
Gesuch bewilligt, - und das Feld war rein!

FALK.
Da mochtest du an deinem Pult frohlocken;
Denn deine Liebe lag nun gut und trocken!

STÜBER.
Natürlich.

FALK.   Und du hast nie mehr gedichtet?

STÜBER.
Nie mehr. Ich fühlte keinen weitern Trieb;
Mit einem Mal schien mein Talent vernichtet.
Und brauch' ich heut mal irgendwem zulieb

Nur einen Neujahrsvers, nur so fürs Haus,
Ich komm' mit Reim und Rhythmus nicht mehr aus;
Ich weiß nicht, was es ist, - es macht sich nie, -
Es wird halt Jus und keine Poesie.

GOLDSTADT.
Und wär'n Sie deshalb weniger honett?
(Zu Falk.)
Sie glauben wohl, Fortunens Ferge hätt'
Für *Sie* allein im Glücksschiff Platz zu wahren!
Doch sehen Sie sich vor, im Fall Sie fahren!
Und was Ihr Lied betrifft, so fragt es sich,
Ob sich's als Poesie verfechten lasse;
Denn wie man auch die Worte wend' und fasse
Die Grundmoral ist schlecht, so sage ich.
Wie glauben Sie, dass man die Wirtschaft nennt,
Die Spatz und Fink die Beeren nicht verleidet.
Bevor die Sonne sie zu Früchten brennt,
Wo Kalb und Kuh die Sträucher niederrennt
Und vor der Zeit die Sommerwiesen weidet?
Das säh', Frau Halm, hier nächstes Frühjahr aus!

FALK *(erhebt sich.)*
Ah, nächstes, nächstes! Packt's euch nicht wie Graus
Vor dieser ärgsten aller Worte-Vetteln,
Die uns verhext, im reichsten Glück zu - betteln!
Nur einmal Sultan sein im Reich der Zungen, -
Ich schickt' ihr augenblicks die seidne Schnur;
Da hätt' sie bald auf ewig ausgerungen,
Wie das schon mancher Hexe widerfuhr.

STÜBER.
Was hast du gegen dieses Hoffnungswort?

FALK.
Dass Gottes schöne Welt vor ihm verdorrt.
"Die nächste Liebe" und "der nächste Leib",
"Die nächste Mahlzeit" und "das nächste Weib", -
Sieh, diese *Vorsicht*, die in all dem zittert,
Die ist es, die dir jedes Glück verbittert.
Soweit du siehst, verhässlicht sie die Welt,
Verkümmert dir den Frohgenuss des Heute;
Du ruhst nicht, eh' nicht, neuen Windes Beute,
Dein Boot zum "nächsten" Strand die Segel stellt;
Doch langt es an - so darfst du *da* wohl weilen?
Oh nein, du musst zum aber-"Nächsten" eilen.
So geht es - immerfort - durchs ganze Leben - -
Gott weiß, ob hinterm Grab uns Ruh' gegeben.

FRAU HALM.
Nein pfui, Herr Falk, was sind das für Ideen!

ANNA *(nachdenklich.)*
Oh, was er meint, das kann ich wohl verstehn;
Es muss doch etwas Wahres in sich tragen.

FRL. ELSTER *(bekümmert.)*
Das könnte Stübern leicht den Kopf verdrehn, -
Exzentrisch wie er ist. - Ach, lass dir sagen, -
Auf einen Augenblick!

STÜBER, *(damit beschäftigt, seinen Pfeifenkopf zu reinigen.)*
          Ich komme gleich.

GOLDSTADT *(zu Falk.)*
Doch das liegt außer Diskussionsbereich:
Sie sollten sich der Vorsicht nicht entschlagen,
Gerade *Sie* nicht! Setzen Sie den Fall,
Sie schrieben heut ein Werk und legten all

Das Poesiegold restlos in ihm an,
Womit Sie Ihre Bank bedienen kann, -
Und müssten, wollten Sie den nächsten Morgen
Von neuem dichten, alles weitre borgen!
Da würde die Kritik ihr Mütchen kühlen.

FALK.
Die würde den Bankrott wohl schwerlich fühlen;
Da schlenderten wir höchst einträchtiglich
Desselben Wegs, Madam Kritik und ich.
(Abbrechend und mit Übergang.)
Doch sag' mir, Lindchen, - was beschäftigt dich? -
Warum so stumm? *Wir* schwelgen in Affekten,
Du, scheint mir, bildest dich zum Architekten!

LIND *(nimmt sich zusammen.)*
Ich, Falk? Wie kommst du *da*rauf?

FALK. Ganz bestimmt!
Weil der Altan dich so in Anspruch nimmt.
Es sind vielleicht der Fenster hohe Bogen,
Die deinen Blick so mächtig angezogen?
Vielleicht der Tür stilistische Partien,
Vielleicht die Scheiben oder Jalousien?
Denn *etwas* muss dein Auge auf sich ziehen.

LIND *(mit strahlendem Ausdruck.)*
Nein, Falk, du irrst. Ich sitze hier und *lebe*.
Das Jetzt ist's, dem ich mich berauscht ergebe.
Ich hab' dir ein Gefühl, als läg' mir heut
Der Erde ganzer Reichtum hingestreut!
Dank für dein Lied Frühlingswonnen;
Mir ist, ich hätt' es trunken selbst ersonnen!
(Hebt sein Glas und wechselt, nicht bemerkt von den übrigen, einen Blick mit Anna.)

Der Blüt' ein Heil, die süßen Duft uns schenkt
Und nicht im Lenz schon ihres Herbstes denkt!
(Trinkt aus.)

FALK *(blickt ihn überrascht und ergriffen an, zwingt sich aber zu einem leichten Ton.)*
Sehn meine Damen, welch ein Glück mir blüht?
Hier ward im Handumdrehn ein Proselyt.
Noch trägt er sein Gebetbuch unterm Rocke
Und kämmt sich üppig schon die Dichterlocke.
Zwar heißt's, man *ist* ein Dichter oder keiner,
Doch wird wohl auch mal von der Prosa einer
Wie eine Gans gemästet, rigorös,
Mit Reimgewäsch und metrischem Getös,
Dass all sein Innres, Leber, Seel', Gekrös,
Liegt's ausgenommen auf dem Küchenbrett,
Voll Lyrikschmalz ist und Rhetorikfett.
(Zu Lind.)
Willkommen übrigens in unsern Reihen!
Nun schlagen wir die Harfe stolz selbzwein.

FRL. ELSTER.
Ja, Sie, Herr Falk. Sie dichten jetzt wohl viel?
Dies Ländliche, - dies Wandeln unter Bäumen,
Wo Sie so ganz allein mit Ihren Träumen -

FRAU HALM *(lächelnd.)*
Nein, er ist träg', - es ist ein Trauerspiel.

FRL. ELSTER.
Ich dachte, wenn Sie bei Frau Halm logieren,
Sie müssten Tag und Nacht poetisieren.
(Zeigt nach rechts hinaus.)
Die Laube dort, von Blättern überdacht,

Ist doch für einen Dichter wie gemacht; -
Dass *da* nicht einmal Ihre Lust erwacht?

FALK *(geht nach der Veranda hinüber und lehnt sich mit den Armen aufs Geländer.)*
Bedecken Sie mein Aug' mit Blindheitsschimmel,
So dicht' ich Ihnen von dem lichtsten Himmel;
Verschaffen Sie mir auf vier Wochen bloß
Ein wühlend Weh, ein tragisch Heldenlos,
So sing' ich Ihnen *Hymnen* zum Entgelt!
Am besten fänd' ich meine Sach' bestellt,
Würd' mir ein *Weib* Licht, All, Gott, Sonne, Welt!
Ich hing mich schon dem Herrgott an die Kleider,
Doch blieb er taub bis heute - leider, leider.

FRL. ELSTER.
Pfui, wie frivol!

FRAU HALM. Da hört doch alles auf!

FALK.
Ah, glauben Sie, ich sänn' mit ihr darauf,
Die öffentlichen Gaffer aufzunähren?
Nein, aus des Glückes wildstem Jubellauf
Da müsst' sie wieder heim zum Himmel kehren.
Gymnastik braucht mein Geist, nicht zu erschwachen,
Und solch ein Fall würd' ihm zu schaffen machen.

SCHWANHILD *(hat sich inzwischen genähert; sie steht nun dicht bei Falk und sagt mit bestimmtem, doch launigem Ausdruck:)*
Ich will für Sie um solch ein Schicksal flehen;
Doch kommt es, - tragen Sie es wie ein Mann!

FALK *(hat sich überrascht umgewandt.)*
Oh, Fräulein Schwanhild! - Gut, ich will ihm stehen!
Doch ob man auf Ihr Flehn auch bauen kann?
Wird Ihr Gesuch der Himmel auch erledigen?
Er lässt sich ungern Forderungen predigen.
Ich weiß wohl, Willen haben Sie für zwei,
Dass es mit meiner Ruh' zu Ende sei!
Doch ob Ihr Glaube völlig einwandfrei, -
Da liegt's.

SCHWANHILD *(halb im Scherz, halb im Ernst.)*
      Geduld, - wenn erst die Sorgen pochen,
Wenn Ihres Lebens Sommerglück zerbrochen,
Wenn Sie in Traum und Wachen ruhlos leiden, -
Dann mag Ihr Urteil über mich entscheiden.
(Sie geht zu den Damen hinüber.)

FRAU HALM *(mit gedämpfter Stimme.)*
Ihr beiden seid doch nur auf Zwist bedacht!
Nun hast du Falk im Ernste bös gemacht.
(Redet leise und ermahnend weiter auf sie ein. Fräulein. Elster mischt sich ins Gespräch. Schwanhild steht kalt und stumm da.)

FALK *(geht nach einer kurzen gedankenvollen Pause zur Laube hinüber und sagt vor sich hin:)*
Gewissheit leuchtete aus ihren Blicken.
Ob ich mit ihrem Glauben glauben soll,
Der Himmel wolle -

GOLDSTADT.   Ihnen Sorgen schicken?
Er wäre, mit Verlaub zu sagen, toll,
Sofern er solche Orders effektuierte.
Nein, nein, das Einzige, was Sie kurierte,
Das wär' Motion für Arme, Bein' und Leib
Jedoch worin besteht Ihr Zeitvertreib?

Im Wolkengucken! Hau'n Sie, junger Skalde,
Nur einmal vierzehn Tage Holz im Walde!
Und ließe Sie Ihr Blut dann nicht in Ruh',
Das ging' ja nicht mit rechten Dingen zu.

FALK.
Nun steh' ich, wie's von Buridans Esel heißt,
Zur Linken winkt mir Fleisch, zur Rechten Geist.
Wer rät nun, was es erst zu wählen gilt?

GOLDSTADT *(füllt die Gläser.)*
Erst ein Glas Punsch, das Durst und Kummer stillt.

FRAU HALM *(sieht auf ihre Uhr.)*
Es geht nun schon auf acht. Ich sollte meinen,
Jetzt dürft' wohl unser Pastor bald erscheinen.
(Erhebt sich und räumt auf der Veranda auf.)

FALK.
Ein Pastor kommt hierher?

FRL. ELSTER.   Gott, warum nicht?

FRAU HALM.
Sie hören auch nie zu, wovon man spricht -

ANNA.
Herr Falk wird damals grad' gesegelt haben -

FRAU HALM.
Ach so. Doch machen Sie kein solch Gesicht;
Sie werden sich an unserm Gast erlaben.

FALK.
Nun, und? Wer ist denn dieses Labsal, so man
Erharrt?

FRAU HALM.
     Herr Gott, es ist der Pastor Strohmann.

FALK.
So, so. Sein Name ist mir schon bekannt;
Er ist ja wohl im Reichstag Debütant
Und strebt ins hochpolitische Gewässer.

STÜBER.
Er redet gut.

GOLDSTADT.   Und räuspert sich noch besser.

FRL. ELSTER.
Nun kommt er mit Gemahlin -

FRAU HALM.   Und mit Kindern -

FALK.
Und tummelt sie ein wenig noch im Freien,
Eh' "Fragen" und Ministerplackereien
Ihn Tag und Nacht an allem andern hindern?
Ich fühl's ihm nach.

FRAU HALM.   Das ist ein Mann, Herr Falk!

GOLDSTADT.
Als junger Mann zwar war's ein arger Schalk.

FRL. ELSTER *(gekränkt.)*
Wohl kaum, Herr Goldstadt! Schon von Kindheit an

Erhielt mein Herz ein höchst respektvoll Bild -
Und das von Leuten, deren Urteil *gilt,* -
Wer Pastor Strohmann, und was sein Roman.

GOLDSTADT *(lachend.)*
Roman?

FRL. ELSTER.
     Roman. Ich nenne das romantisch,
Was Alltagsmeinung nicht begreifen kann.

FALK.
Sie spannen meine Wissbegier gigantisch.

FRL. ELSTER *(fortfahrend.)*
Doch freilich, freilich, da sind immer Leute,
Für deren Spott es keine lieb're Beute
Als Rührendes und Edles gibt! Man kennt
Den Fall ja: Kam da jüngst ein Herr Student
Und übte sich, man denke nur, als Richter
An Werken eines unsrer Lieblingsdichter.

FALK.
Ja, ist denn dieser Landpastor ein Buch,
Ein lyrischer, ein epischer Versuch?

FRL. ELSTER *(zu stillen Tränen gerührt.)*
Nein, Falk, - ein Mensch, des Herz vielleicht sein Fluch.
Doch wenn bereits ein Buch, das doch nicht lebt,
So viele Bosheit aus der Taufe hebt
Und Leidenschaften weckt - von solcher Menge -
Von solcher Tiefe -

FALK *(teilnehmend.)*   Und von solcher Länge -

FRL. ELSTER.
So werden Sie, bei Ihrem Geist, fürwahr
Unschwer verstehn -

FALK. Ja, ja, es ist ganz klar.
Doch was bisher mir minder klar gewesen ist, -
Was stellt denn der Roman im Grunde dar?
Ich ahne nur, dass er voll Reiz zu lesen ist, -
Doch ließe sich der Stoff nicht mit ein paar -

STÜBER.
Ich werde aus den Fakten extrahieren,
Was wichtig ist -

FRL. ELSTER. Du wirst zu viel verlieren;
Ich werde lieber -

FRAU HALM. Sonst bin *ich* so frei!

FRL. ELSTER.
Ach nein, Frau Halm, nun bin schon ich dabei.
Sehn Sie, - bereits als Kandidat erstritt
Er sich in unser Hauptstadt festen Boden,
Verstand sich auf Kritik und neue Moden -

FRAU HALM.
Und tat privatim in Komödien mit.

FRL. ELSTER.
Schon gut, Frau Halm. - Er sang und konterfeite -

FRAU HALM.
Und Anekdötchen wusst' er so gescheite!

FRL. ELSTER.
Ich bitte Sie, wozu dies Mosaik!
Dann schrieb er was und setzt' es in Musik,
Und - ein Verleger machte es publik;
Es hieß: "Sonettenstrauss an Albertine".
Ach Gott, wie sang er das zur Mandoline!

FRAU HALM.
Ja, ganz gewiss, der Mensch war genial.

GOLDSTADT *(leise.)*
Hm, manche hielten ihn für nicht normal.

FALK.
Ein Weiser, einer von den Kompetenten,
Nicht bloß so ein Gespenst aus Pergamenten,
Behauptet, Liebe mache zu Petrarchen
So leicht, wie Vieh und Faulheit Patriarchen.
Doch wer war Albertine?

FRL. ELSTER.   Die *Erwählte*,
Und heut natürlich seine längst Vermählte.
Sie war die Tochter einer Firma, die -

GOLDSTADT.
In Bauholz machte -

FRL. ELSTER *(kurz.)*   Äußerst not zu wissen.

GOLDSTADT.
Und zwar nach Holland.

FRL. ELSTER.   Aber meinen Sie,
Wir könnten diesen Kommentar nicht missen?

FALK.
Von einer Firma?

FRL. ELSTER *(fortfahrend.)*
             Nabobs! - Kein Geflunker!
Was dünkt Sie, dass da für ein Tanz begann?
Da klopften Freier ersten Ranges an.

FRAU HALM.
Man sprach sogar von einem Kammerjunker.

FRL. ELSTER.
Doch Bertas Herzenswärme blieb latent.
Da sprach man ihr einmal von Strohmanns Rollen -
Und sehn und lieben ihn, war *ein* Moment!

FALK.
Und die Bewerber konnten heimwärts trollen?

FRAU HALM.
Ja, - heißt das nicht Romantik aus dem Vollen?

FRL. ELSTER.
Und nehmen Sie nun einen Vater noch,
Der, alt und grausam, Herzen nur so knickte,
Und vollends einen Vormund, der ihr Joch
Der Schmerzen ganz und gar mit Dornen spickte!
Doch unser Pärchen schwur sich Treue zu;
Ihr Traum war eines Strohdachs heitre Ruh',
Ein schneeweiß Lämmlein, eine Linnentruh' -

FRAU HALM.
Ja, höchsten Falls noch eine kleine Kuh, -

FRL. ELSTER.
Kurzum, - wie sie derzeit an Freunde schrieben:
Ein Quell, ein Hüttlein, und ihr junges Lieben!

FALK.
Ach ja! Und dann - ?

FRL. ELSTER.   Dann brach sie mit den Ihren.

FALK.
Sie brach -?

FRAU HALM.   Jawohl.

FALK.   Das will mir imponieren.

FRL. ELSTER.
Und zog zu ihrem Strohmann unters Dach.

FALK.
Das tat sie! Ohne - vorige - Vermählung?

FRL. ELSTER.
Pfui!

FRAU HALM.
     Pfui! Mein Seliger ging selber nach
Der Kirche!

STÜBER *(zu Frl. Elster.)*
     Siehst Du wohl, wenn die Erzählung
Ein Faktum auslässt, werden Zweifel wach.
Ein Referat erreicht nur, was bezweckt ist,
Sofern es chronologisch und korrekt ist,

Doch eins vermocht' ich niemals recht zu fassen:
Wie lebten sie -

FALK *(fortsetzend.)* Da doch zu Mitinsassen
Von Giebelstuben Schaf und Kuh nicht passen.

FRL. ELSTER *(zu Stüber.)*
Du solltest nur nicht außer Augen lassen:
Man *braucht nichts,* wo sich Herz zu Herz gefunden;
Man lebt schon halb, wenn man sich täglich sieht.
(Zu Falk.)
Ihr treuer Ritter sang ihr tief empfunden
Zur Laute vor, - sie gab Pianostunden -

FRAU HALM.
Und dann, versteht sich, nahm man auf Kredit -

GOLDSTADT.
Ein Jahr lang, bis das Handelshaus fallit.

FRAU HALM.
Dann aber ward er Pastor wo im Norden.

FRL. ELSTER.
Dort, schrieb er, sei nun alles gut geworden; -
Er lebe nur für *sie* und seine Predigt.

FALK *(ergänzend.)*
Und damit war denn sein Roman erledigt.

FRAU HALM *(steht auf.)*
Ich mein', wir sehn mal in den Garten, wie?
Es war mir schon vorhin, als hört' ich Schritte.

FRL. ELSTER *(ihre Mantille umnehmend.)*
Es ist schon kühl.

FRAU HALM. Ach, Schwanhild, hol mir, bitte,
Den Shawl!

LIND *(von den übrigen nicht bemerkt, zu Anna.)*
Geh nur voraus!

FRAU HALM. So kommen Sie!

Schwanhild *geht ins Haus; die anderen, außer* Falk, *gehen nach dem Hintergrund oder nach links ab.* Lind, *der sie begleitet hat, bleibt stehen und kommt zurück.*

LIND.
Mein Freund!

FALK. Der meine!

LIND. Deine Hand! Mir birst
Die Brust von unbezähmbarem Verlangen,
Mich mitzuteilen. -

FALK. Ruhig Blut! Du wirst
Verhört erst, dann verurteilt, dann gehangen.
Was ist das für ein Wesen? Mir den Schatz,
Den du gefunden, einfach zu verhehlen; -
Denn die Vermutung dürfte wohl nicht fehlen:
Du spieltest - und gewannst auf deinen Satz.

LIND.
Jawohl, mir ging ein süßes Vöglein ein!

FALK.
So? Lebend - und vom Fanggarn nicht gequält?

LIND.
Nur einen Augenblick, so ist's erzählt.
Ich bin verlobt!

FALK *(rasch.)* Verlobt!

LIND. Jawohl, seit heute.
Gott weiß, was plötzlich meine Furcht zerstreute!
Ich sagte - oh, das lässt sich nicht so sagen;
Doch denk dir, - sie, anstatt mich auszuschlagen,
Ward übers ganze Antlitz *eine* Glut
(Du ahnst nicht, wie sich da mein Mut erprobte!)
Und weinte leis, das junge süße Blut;
Ein gutes Zeichen, nicht?

FALK. Gewiss; sehr gut.

LIND.
Und nicht wahr, Falk, nun sind wir doch Verlobte?

FALK.
Vermutlich; aber um nicht fehlzuschlagen,
Ich würde doch noch Fräulein Elster fragen.

LIND.
Nein, nein, - ich fühl's ja doch in tiefster Brust!
Ich bin so klar, so stark, so siegsbewusst!
(Strahlend und geheimnisvoll.)
Heut nach dem Kaffee stand ich bei ihr - und
Ihr Händchen musste meinen Druck erhören.

FALK *(erhebt sein Glas und leert es.)*
Na denn, des Frühlings Glanz in euren Bund!

LIND *(ebenso.)*
Und das, das will ich hoch und heilig schwören,
Sie bis zum Tod mit jedem heißen Trieb
Wie heut zu lieben; - denn sie ist so lieb!

FALK.
Verlobt! Das war es also, darum schied
Dein Weg sich vom Gesetz und vom Propheten.

LIND *(lachend.)*
Und du, du glaubtest, Falk, es sei dein Lied - ?

FALK.
Solch starken Glauben haben oft Poeten.

LIND *(ernst.)*
Doch glaub' nicht, dass in mir der Theologe
In all dem Glück sich selber nun vergisst.
Nur, dass nicht mehr das *Buch* mein Pädagoge,
Mein Führer, meine Jakobsleiter ist.
Nun führt zu Gott mich jede Lebensbrücke;
Schon schwingt mein Herz in höh'rer Harmonie, -
Den Halm, den Wurm vor mir, - wie lieb' ich sie!
Sie haben *auch* ihr Teil am großen Glücke.

FALK.
Doch sag mir nun -

LIND.   Was hab' ich mehr zu sagen, -
Als was wir nun zu dritt verschwiegen tragen!

FALK.
Ich meine, dachtest du schon etwas weiter?

LIND.
Ich, denken? Weiter? Nein, mein Sorgen schwand
In dieser Lenzminuten süßem Brand.
Mein Auge sieht nur Glück und lächelt heiter;
Des Schicksals Zügel ruhn in unsrer Hand.
Und dich und Goldstadt, ja Frau Halm sogar
Erkenn' ich jedes Einspruchsrechtes bar.
Wo Kraft und warmes Blut zusammenstehen
Wie hier, da muss und wird es aufwärtsgehen.

FALK.
Brav, solche Menschen braucht das Glück, mein Bruder!

LIND.
Mein Herze schlug noch nie so frei, so keck.
Ich fühle mich so kräftig, - türm ein Fuder
Geröll vor mich, ich spring' dir drüber weg!

FALK.
Das will in simpler Prosasprache sagen:
Ich ward ein Rentier, Falk, vor lauter Glück!

LIND.
Na, - lass mich immer wie ein Rentier jagen,
Das Vöglein Sehnsucht weiß den Weg zurück.

FALK.
So kann es morgen seine Kunst schon zeigen;
Du sollst ja ins Gebirg mit dem Quartett.
Nun, eins steht fest, du brauchst kein Pelzkollett -

LIND.
Pah, das Quartett! Das mag alleine steigen!
Hier atm' ich Höhenluft wie droben nie;
Hier blaut der Fjord, hier überhängt mich Flieder,
Die Laube tönt Gesang, der Himmel Lieder.
Hier wohnt die Glücksfee selbst, - denn hier ist *sie!*

FALK.
Die Glücksfee hier! So halt sie fest beim Zipfel; -
So selten lässt kein Elch verschwiegne Gipfel.
(Mit einem Blick nach dem Hause.)
Still! - Schwanhild -

LIND *(drückt ihm die Hand.)*
                Gut; ich geh', - und niemand merke,
Was zwischen dir und mir und *ihr* im Werke.
Dank, dass du mein Geheimnis nahmst! Begrab'
Es tief und warm in dir, wie ich dir's gab.
(Durch den Hintergrund ab zu den andern.)

Falk *sieht ihm einen Augenblick nach und geht ein paarmal im Garten auf und ab, mit sichtlichem Bestreben, die Aufregung, von der er ergriffen ist, zu bekämpfen. Kurz darauf kommt* Schwanhild *aus dem Hause, ein Tuch überm Arm, in der Absicht, nach dem Hintergrunde zu gehen.* Falk *nähert sich ihr ein wenig und betrachtet sie unverwandt;* Schwanhild *bleibt stehen.*

SCHWANHILD *(nach einer kurzen Pause.)*
Sie sehen mich so an - ?

FALK *(halb vor sich hin.)* Da ist der Zug;
Im See des Augs beschattet er den Grund,
Umspielt mit Spottlust heimlich ihren Mund,
Er *ist* da.

SCHWANHILD.
    Wer? Ich werde draus nicht klug.

FALK.
Sie heißen Schwanhild?

SCHWANHILD.   Allerdings; - weswegen - ?

FALK.
Wie lächerlich! Ich bitte Sie verbindlich,
Mein Fräulein, diesen Namen abzulegen.

SCHWANHILD.
Das wäre eigenmächtig, wenig kindlich -

FALK *(lacht.)*
Hm, "Schwanhild" - "Schwanhild" - -
(Plötzlich ernst.)
                      Fühlten Sie noch nie,
Dass ein memento mori aus ihm klage?

SCHWANHILD.
So ist er hässlich?

FALK.   Schön wie Poesie, -
Doch allzu groß und streng für unsre Tage.
Wie könnt' ein Weib der "Jetztzeit" sich berühmen,
Dass sie mit Fug den Namen "Schwanhild" trage?
Nein, fort mit den veralteten Kostümen!

SCHWANHILD.
Sie denken an das Königskind der Sage -

FALK.
Das schuldlos unter Hengsteshuf geriet -

SCHWANHILD.
Was heute, dank der Zeit, nicht mehr geschieht.
Nein, hoch im Sattel! Wenn die Nacht oft rauschte,
Durchstürmt' ich träumend wohl auf stolzem Ross
Die Welt, indes der Sturmwind, mein Genoss',
Der Mähnen Wurf wie Freiheitswimpel bauschte!

FALK.
Das alte Lied, - im Traumreich der Gedanken,
Da kennt man keine Hecken, keine Schranken,
Da muss der Gaul den schärfsten Spornhieb leiden, -
Doch gilt es *Taten,* sind wir gar bescheiden;
Denn jeder schätzt sein Leben teuer ein
Und scheut sich, einen Todessprung zu wagen.

SCHWANHILD *(lebhaft.)*
Ein Ziel nur! Und ich mach' ihn ohne Zagen.
Doch muss das Ziel des Sprungs auch würdig sein -:
Ein Kalifornien hinterm Wüstensande; -
Sonst bleibt man besser, wo man ist, im Lande.

FALK *(spöttisch.)*
Ja, ja, die *Zeit,* sie trägt an allem Schuld.

SCHWANHILD *(warm.)*
Ja, nur die Zeit! Wenn keines Lüftchens Huld
Den Fjord bewegt, wozu dann Segel setzen?

FALK *(ironisch.)*
Ja, ja, wozu mit Sporn und Peitsche hetzen,
Wenn niemand goldne Berge dem verheißt,
Der trotzig sich von seiner Scholle reißt,
Ein Abenteurer ohne Furcht und Tadel?
Die Tat *der Tat zulieb* geziemt dem Adel,

Doch mit dem Adel steht die Neuzeit schlecht,
Verachtet ihn wohl gar -

SCHWANHILD. Sie haben recht.
Doch sehen Sie den Birnbaum dort am Beet, -
Wie dürr und kahl er diesen Frühling steht!
Vergangnes Jahr, da bog sich Ast um Ast
Von seiner Früchte überschwerer Last.

FALK *(etwas ungewiss.)*
Das mag wohl sein; doch nun davon die Lehre?

SCHWANHILD *(fein.)*
Dass ein moderner Zacharias fast
Für seinen Wunsch zurechtzuweisen wäre,
Wenn er verlangte, dass dies Erntejahr
So überreich sei, wie das letzte war.

FALK.
Ich wusste wohl, Sie würden sich in Züchten
Zur selig machenden Historie flüchten.

SCHWANHILD.
Ja, - *unsre* Tugend ist von anderm Schlag.
Wer rüstet noch für Wahrheit heutzutag?
Wer zeigt noch, was Persönlichkeit vermag?
Wo gibt's noch Helden?

FALK *(sieht sie scharf an.)* Und wo noch Walküren?

SCHWANHILD *(schüttelt den Kopf.)*
Walküren tuen diesem Land nicht not!
Wie, trieb es *Sie* vielleicht den Fuß zu rühren,
Als jüngst der Heide Syrien bedroht?

Sie gaben einen "Aufruf" in Verbreitung
Und einen Taler an die "Kirchenzeitung".

Pause. Falk scheint antworten zu wollen, hält aber inne und geht weiter in den Garten.

SCHWANHILD *(betrachtet ihn einen Augenblick, nähert sich ihm und fragt sanft.)*
Falk, sind Sie bös'?

FALK. Nein, Fräulein; mich durchfuhren
Nur so Gedanken.

SCHWANHILD *(mit nachdenklicher Teilnahme.)*
  Es sind zwei Naturen,
Die sich in Ihnen streiten -

FALK.   Will's gestehn.

SCHWANHILD *(heftig.)*
Jedoch warum?

FALK *(leidenschaftlich.)*
  Warum? Weil ich es hasse,
Mit ausgeschnittner Seel' herumzugehn
Wie das gefühlsprofane Volk der Gasse, -
So feilzustell'n mein tiefstes Mein und Eigen,
Wie Weiber ihre nackten Arme zeigen!
Sie war'n die Einzige, - *Sie,* Schwanhild, Sie -
So dacht' ich fromm, - o bittre Ironie!
(Wendet sich ihr zu, während sie nach der Laube hinübergeht und hinaussieht.)
Was gibt's - ?

SCHWANHILD. Ich hör' ein andres Stimmchen reden.
Still! Hören Sie das Vögelchen? Um jeden
Sonnuntergang besucht es unser Haus, -
Da schlüpft es eben aus dem Laub heraus.
Ich glaub', dass, hat ein Mädchen auf der Welt
Nicht eigner Stimme, eigner Kunst zu warten,
Ihr Gott ein Vögelchen zum Freund gesellt -
Für sie allein und nur für ihren Garten.

FALK *(hebt einen Stein vom Boden auf.)*
Da muss nun Mensch und Tier zusammenkommen,
Soll der Gesang nicht fremden Ohren frommen.

SCHWANHILD.
Wohl wahr! Doch mir ist solch ein Glück erblüht.
Mir ward nicht Macht des Wortes noch Gesanges;
Doch tönt der grüne Busch voll süßen Klanges,
So senkt sich's mir wie Lieder ins Gemüt - -
Nun ja - sie eilen wieder - weilen nie -
(Falk wirft mit Heftigkeit den Stein; Schwanhild stößt einen Schrei aus.)
Oh Gott, Sie trafen ihn! Was taten Sie!
(Eilt nach rechts hinaus und kommt gleich wieder zurück.)
Oh, das war sündhaft, sündhaft!

FALK *(in leidenschaftlicher Erregung.)*
                             Nein - das ist
Nur Aug' um Auge, Schwanhild, - Zahn um Zahn!
Nun tragen Sie's, wenn Sie Ihr Gott vergisst,
Und keine Grüße mehr vom Himmel nahn.
So räch' ich mich für das, was Sie getan!

SCHWANHILD.
Was ich getan?

FALK.   Ja, Sie! Wie sang bis heute
Mein Herz gleich ihm in holdem, tollem Wahn.
Nun - schalle beiden Sängern Grabgeläute.
Das war Ihr Werk!

SCHWANHILD.   Das meine?

FALK.   Ja, ein Mord
An meinem jungen, siegesfrohen Glauben -
(Verächtlich.)
Warum *verlobten* Sie sich!

SCHWANHILD.   Nur ein Wort - !

FALK.
Nein, nein, Sie durften sich's mit Recht erlauben:
Er macht Examen, sucht sich einen Sprengel,
Er will ja, weiß man, nach Amerika -

SCHWANHILD *(im selben Ton.)*
Und was er erbt, behebt die letzten Mängel; -
Denn meinen Sie nicht Lind?

FALK.   *Sie* müssen's ja
Am besten wissen -

SCHWANHILD *(mit verhaltenem Lächeln.)*
          Sicherlich, als Schwester
Der Braut -

FALK.   Herrgott! Nicht *Sie* sind - - !

SCHWANHILD.   Nein, mein Bester,
Ich darf mich leider nicht so glücklich schätzen!

FALK *(in fast kindlicher Freude.)*
Nicht Sie, nicht Sie! Gott ließ es nicht geschehn!
Wie konnt' ich jemals Zweifel in ihn setzen?
Ich brauch' Sie nicht an fremdem Arm zu sehn, -
Er neigte nur des Schmerzes Fackel nieder - -
(Will ihre Hand ergreifen.)
Oh Schwanhild - hör'n Sie mich -

SCHWANHILD *(zeigt rasch nach dem Hintergrunde.)*
            Da kommt man wieder.

Sie geht nach dem Hause. Zugleich kommen durch die Mitte
Frau Halm, Anna, Fräulein Elster, Goldstadt, Stüber *und*
Lind. *Während des vorhergehenden Auftritts ist die Sonne untergegangen; die Landschaft liegt im Halbdunkel.*

FRAU HALM *(zu Schwanhild.)*
Nun könnte der Besuch wohl angelangen
Wo bliebst du denn?

FRL. ELSTER *(nach einem Blick auf Falk.)*
            Du scheinst mir so befangen.

SCHWANHILD.
Ein wenig Kopfweh; fast schon wieder gut.

FRAU HALM.
Und dabei gehst du hier so ohne Hut?
Bestell' den Tisch, besorg' die Teemaschine, -
Dass alles klappt! Ich kenn' Frau Albertine.

Schwanhild *ab ins Haus.*

STÜBER *(zu Falk.)*
Du weißt um Strohmanns Politik Bescheid?

FALK.
Er stimmt wohl schwerlich für Gehaltszulage.

STÜBER.
Ob ich ihm wohl so bei Gelegenheit
Von meinen heimlichen Gedichten sage?

FALK.
Das hilft vielleicht.

STÜBER. Ach, wär's doch, - denn, auf Ehre,
Ein Heim zu gründen, macht den Sack zum Siebe.
Man unterschätzt die Sorgenlast der Liebe.

FALK.
Ganz recht; was musstest du auf die Galeere!

STÜBER.
So nennst du Liebe?

FALK. Nein, so nenn' ich *Ehe,*
Dies Joch voll Sklavenfrohn und Sklavenwehe.

STÜBER *(da er sieht, dass Frl. Elster sich nähert.)*
Das ist, weil du das Kapital nicht siehst,
Das Frauensinn und -urteil in sich schließt.

FRL. ELSTER *(leise.)*
Was meinst du, wird Herr Goldstadt indossieren?

STÜBER *(verdrießlich.)*
Ich weiß nicht; doch ich will's mit ihm probieren.

Sie entfernen sich im Gespräch.

LIND *(leise zu Falk, während er sich mit Anna nähert.)*
Ich kann nicht länger an mich halten, lass
Mich allen alles sagen -

FALK. Statt zu schweigen
Und keinem unberufnen Aug' zu zeigen,
Was Euer ist -

LIND. Das wär' mir just zupass; -
Man sollte wohl sogar vor dir verstummen,
Mit dem man hier im selben Zimmer haust?
Nein, nun mein ganzer Kopf von Jubel braust -

FALK.
Da soll er dir nun auch gehörig brummen?
Ja Liebster, Bester, wenn's dich *da*nach mutet,
Dann auf, und das Verlöbnis ausgetutet!

LIND.
So denk' ich auch, und das aus manchem Grunde;
Und einer, scheint mir, wiegt besonders schwer;
Gesetzt den Fall, es schliche hier zur Stunde
Ein Nebenbuhler insgeheim umher -
Und träte plötzlich offen in die Schranken -
Und würb' um Anna - - dafür möcht' ich danken.

FALK.
Ja freilich, freilich, ich bedachte nicht,
Du warst ja noch auf *Höheres* erpicht.
Der Liebe freier Priester, der du *heut'* bist,
Soll früher oder später *avancieren*;
Doch eins ist sicher: Dass du nicht gescheut bist,
Willst du, man soll dich jetzt schon ordinieren.

LIND.
Wär' Goldstadt nur nicht -

FALK. Was geht *der* dich an?

ANNA *(schüchtern.)*
Ach, da tut Lind sich was zusammenreimen.

LIND.
Nein, sag das nicht; mir schwant so im Geheimen,
Er will mir schaden, wann und wo er kann.
Der Mensch kommt täglich hier herausgefahren,
Ist reich und ledig, schneidet Euch die Kur;
Kurz, tausend Dinge können mich da nur
Ermahnen, unser Glück vor ihm zu wahren.

ANNA *(mit einem Seufzer.)*
Ach unser Glück, so jung und schon bedroht!

FALK *(teilnehmend zu Lind.)*
Verscherz' es doch nicht, Lind, um eine Grille;
Verrat dich wenigstens nicht ohne Not.

ANNA.
Gott! Fräulein Elster sieht uns zu - seid stille!
(Sie und Lind entfernen sich nach verschiedenen Seiten.)

FALK *(sieht Lind nach.)*
Da geht und schlägt er seine Jugend tot.

GOLDSTADT, *(der inzwischen mit Frau Halm und Fräulein Elster im Gespräch auf der Treppe gestanden hat, nähert sich und schlägt ihm auf die Schulter.)*
Na, steht man hier und denkt an ein Gedicht?

FALK.
Nein, aber an ein Drama.

GOLDSTADT.   Kreuzmillionen!
Dass Sie auch Dramen dichten, glaubt' ich nicht.

FALK.
Mit Recht; denn Sie verwechseln die Personen.
Es macht's ein Freund von mir, ja von uns zwein,
Und seine Fixigkeit ist nicht gemein.
Er hat sich mittags erst ins Zeug gelegt -
Und hat schon ein Idyll vollendet liegen.

GOLDSTADT *(pfiffig.)*
Wie schließt's?

FALK.   Sie wissen wohl, der Vorhang pflegt
Erst dann zu fallen, wenn sich beide "kriegen".
Doch wenn nur das die Trilogie schon wäre!
Doch des Poeten ernstliche Misere
Beginnt erst, wenn die Farce der Verlobung
Fünf Akte durchgesponnen werden muss;
Und nimmt er erst das Ehegarn in Schuss -
Das ist die dritt' und schwerste Kunsterprobung.

GOLDSTADT *(lächelnd.)*
Die Lust zur Dichterei scheint anzustecken.

FALK.
Warum?

GOLDSTADT.
         Auch ich gedenk' was auszuhecken
Und geh' und trage mich mit einer Dichtung, -

(Geheimnisvoll.)
Jedoch mit einer von realster Richtung.

FALK.
Und darf man fragen, wer als Held gedacht?

GOLDSTADT.
Das wird vor morgen nicht bekannt gemacht.

FALK.
Sie sind es selbst!

GOLDSTADT.   Sie wollen mich verbinden!

FALK.
Ein bessrer Held wär' sicher nicht zu finden.
"Sie" aber wandelt wohl in einem Garten
Hier außen, - nicht im Straßenlärm und -qualm?

GOLDSTADT *(droht mit dem Finger.)*
Da liegt der Knoten, - und da heißt es warten! -
(Ändert rasch den Ton.)
Was halten Sie, Herr Falk, von Fräulein Halm?

FALK.
Da würd' ich mich vor Ihnen überheben,
Mein Spruch kann ihr nichts nehmen und nichts geben.
(Lächelnd.)
Doch bangt mich um Ihr dichterisch Motiv;
Wie leicht, Verehrter, geht so etwas schief.
Gesetzt, ich wollte Ihren "Helden" stürzen
Und Ausgang und Intrige anders schürzen -

GOLDSTADT *(gutmütig.)*
So wollt' ich auch die Suppe nicht verwürzen.

FALK.
Das gilt?

GOLDSTADT.
  Sie sind ja doch ein Mann der Kaste;
Wie dumm, wenn Ihre Hilfe *mir* nicht passte,
Der ich in Ihrem Fach doch nur zu Gaste!
(Geht nach dem Hintergrund.)

FALK *(im Vorbeigehen zu Lind.)*
Du hattest recht, der Kaufmann geht umher
Und sinnt darauf, dein junges Glück zu morden.
(Entfernt sich.)

LIND *(leise zu Anna.)*
Da siehst du, meine Sorge war nicht leer;
Wir müssen reden, eh's zu spät geworden.
(Sie nähern sich Frau Halm, die zugleich mit Fräulein Elster am Hause steht.)

GOLDSTADT *(im Gespräch mit Stüber.)*
Ein schöner Abend heut.

STÜBER.   Ja, wär' die Brust
Nur frei -

GOLDSTADT *(scherzend.)*
  Was gibt's denn, Herr Gespensterseher?
Verstört die Liebe Sie?

STÜBER.   Nicht diese just -

FALK *(der dazu getreten ist.)*
Also *Verlöbnis*schmerzen?

STÜBER. Das schon eher.

FALK.
Hurra! So ließest du vom Leben dir
Nicht jeden Rest von Poesie entraffen!

STÜBER *(beleidigt.)*
Wieso? Was hat die Poesie mit mir
Und unserem Verlöbnis hier zu schaffen?

FALK.
Frag' nicht! Frag' nicht! Es wäre dein Verderben.
Denn Liebe, die sich selbst erkennt, muss sterben.

GOLDSTADT *(zu Stüber.)*
Wenn irgendwas geordnet werden muss,
Heraus damit!

STÜBER. Ich brüte schon seit Tagen,
Wie wohl am besten alles vorzutragen,
Doch kam ich immer noch zu keinem Schluss.

FALK.
Ich helfe dir und denke kurz zu sein:
Seitdem du ein dem ledigen Stand Entrückter,
Da fühlst du dich bedrückter und bedrückter -

STÜBER.
Ja, ja, zu Zeiten war die Last nicht klein -

FALK *(fortfahrend.)*
Erstickst du vor Verpflichtungen und Verpflichtungen,
Und würfst sie längst zum Teufel, ging's nur an;
So steht der Fall.

STÜBER.   Was sind das für Erdichtungen!
Ich prolongiert' als ehrenhafter Mann.
(Zu Goldstadt gewendet.)
Doch nächsten Monat geht es so nicht weiter;
Wenn man sich ehlicht, wird man doch ein Paar -

FALK *(fröhlich.)*
Jetzt ist dein Jugendhimmel wieder heiter -
Das sprach der Stüber, der einst Dichter war!
So soll es sein; ich wusst' es lang, auf Ehre,
Den Fittich hattest du, nur nicht die Schere!

STÜBER.
Was, - Schere?

FALK.   Ja, die Schere kecken Wollens,
Dich loszuschneiden, bis du wieder vollends
Befreit wärst -

STÜBER *(zornig.)*   Wie, du wagst der Mann zu sein
Und *mich* der Ungesetzlichkeit zu zeihn!
Ich sollte denken, mich zu absentieren?
Das ist ein Attentat, mich zu blamieren -
Verbalinjurien!

FALK.   Mensch, du bist ja toll!
So *sag'* doch, wie man dich verstehen soll

GOLDSTADT *(lachend zu Stüber.)*
Verdienen Sie durch Freimut unsern Dank!
Was ist Ihr Wunsch?

STÜBER *(nimmt sich zusammen.)*
                    Ein Anlehn bei der Bank.

FALK.
Ein Anlehn!

STÜBER *(schnell zu Goldstadt.)*
			Ein Indossament vielmehr
So für ein Hundert Taler ungefähr.

FRL. ELSTER, *(die unterdessen bei Frau Halm, Lind und Anna gestanden hat.)*
Ach Gott, wie reizend, Kinder! Glück und Segen!

GOLDSTADT.
Was ist denn los?
(Geht zu den Damen hinüber.)

STÜBER.		Das kam doch ungelegen.

FALK *(schlägt ausgelassen den Arm um Stübers Nacken.)*
Hurra! Drommeten melden uns mit Macht,
Dass Amor dir ein Brüderlein gebracht!
(Zieht ihn mit sich fort zu den andern.)

FRL. ELSTER, *(ganz hingerissen, spricht zu den Herren:)*
Nein, Lind und Anna, - wie nur Lind das machte!
Und jetzt sind sie verlobt!

FRAU HALM *(mit Tränen der Rührung, während das Paar beglückwünscht wird.)*
			Das ist die Achte,
Die wohlversorgt aus diesem Hause geht; -
(zu Falk gewendet.)
Schon sieben Nichten, - auch von Herrn genommen -
(Fühlt sich zu stark angegriffen und hält das Taschentuch vor die Augen.)

FRL. ELSTER *(zu Anna.)*
Da werden aber Gratulanten kommen!
(Liebkost sie gerührt.)

LIND *(ergreift Falks Hände.)*
Mein Freund, ich geh' berauscht wie ein Poet.

FALK.
Pst! Als Verlobter hast du dein Quartier
Im Mäßigkeitsverein der Seligkeit;
Du kennst den Kodex; - keine Orgien hier!
(Wendet sich mit einem Anflug boshafter Teilnahme an Goldstadt.)
Na Sie, Herr Goldstadt - !

GOLDSTADT.   Alles prophezeit
Den beiden meiner Meinung nach nur Glück.

FALK *(sieht ihn überrascht an.)*
Sie ziehn sich ja erstaunlich glatt zurück.
Das freut mich wirklich.

GOLDSTADT.   Was denn, mein Geschätzter?

FALK.
Nun ja, Sie hätten als zurückgesetzter
Bewerber doch ein Recht -

GOLDSTADT.   Bewerber, ich?

FALK.
Nun denn, "Verehrer", - Sie befragten mich,
Was über Fräulein Halm mein Urteil sei, -
Auf diesem Fleck hier.

GOLDSTADT *(lächelnd.)*   Ja, es gibt doch zwei!

FALK.
Die andre ist's, - die Schwester, die Sie meinen?

GOLDSTADT.
Gewiss, und nur die *andre,* nur die *Schwester.*
Sie sollten sie nur kennen, und, mein Bester,
Es würde Ihnen bald wie mir erscheinen,
Dass Schwanhilds Schätzung hier im Hause nicht
Die ist, die ihrem innern Wert entspricht.

FALK *(kalt.)*
Ja, ja, sie hat die besten Eigenschaften.

GOLDSTADT.
Wenn auch nicht alle; im Gesellschaftston
Da zählt sie nicht just zu den Musterhaften.

FALK.
Ja, leider.

GOLDSTADT.
        Aber nimmt Frau Halm sie nur
Ein Winterhalbjahr vor, so läuft dies Rädchen
Wie all die andern auch.

FALK.   Und nach der Schnur.

GOLDSTADT *(lachend.)*
Ja, das ist seltsam mit den jungen Mädchen!

FALK *(lustig.)*
Wie Winterroggensaat, drum niemand weiß,
So keimt's unmerklich unter Schnee und Eis.

GOLDSTADT.
Vom Weihnachtsball ab geht's von Saal zu Saal -

FALK.
Da düngt man sie mit Klatsch und neuen Moden -

GOLDSTADT.
Und kommt der erste Frühlingssonnenstrahl -

FALK.
So schießen grüne Dämchen aus dem Boden!

LIND *(tritt hinzu und ergreift Falks Hände.)*
Wie bin ich glücklich über diesen Schritt -
Wie fühl' ich mich so sicher und geborgen!

GOLDSTADT.
Nun beichten Sie! In was für Freuden tritt
Ein Bräutigam und was sind seine Sorgen.

LIND *(unangenehm berührt.)*
Das teilt man ungern einem Dritten mit.

GOLDSTADT *(scherzend.)*
So schlecht gelaunt! Das werd' ich Anna klagen.
(Nähert sich den Damen.)

LIND *(sieht ihm nach.)*
Wie kann man solche Menschen nur ertragen!

FALK.
Du hast dich übrigens geirrt -

LIND.   Worin?

FALK.
Mit Anna hatte Goldstadt nichts im Sinn.

LIND.
Mit Schwanhild also?

FALK. Weiß ich nicht zu melden.
(Mit launigem Ausdruck.)
Vergib mir, Märtyrer an fremder statt!

LIND.
Was meinst du?

FALK. Hast du heut das Morgenblatt
Gelesen?

LIND. Nein.

FALK. Da steht von einem Helden, -
Den hat das hohe Schicksal so genarrt,
Dass ihm sein schönster Zahn gezogen ward,
Weil ein - Gevatter von ihm Zahnweh hatte.

FRL. ELSTER *(sieht nach links hinaus.)*
Da kommen Pastors!

FRAU HALM. Gattin nur und Gatte?

STÜBER.
Nein, fünf, sechs, sieb'n, acht Kinder noch -

FALK. Unbändig!

FRL. ELSTER.
Man möchte beinah sagen: unanständig!

Man hat inzwischen einen Wagen links außen halten gehört. Der Pastor, seine Frau *und* acht kleine Mädchen, *allesamt in Reisekleidern, kommen eins nach dem andern herein.*

FRAU HALM *(eilt den Kommenden entgegen.)*
Willkommen! Hochwillkommen!

STROHMANN.   Danke sehr!

FRAU STROHMANN.
Hier ist gewiss Gesellschaft -

FRAU HALM.   Ei woher - !

FRAU STROHMANN.
Denn, - stören wir -

FRAU HALM.   Im Gegenteil. Soeben
Hat meine Tochter ihre Hand vergeben;
Sie hör'n als erste diese Freudenpost.

STROHMANN *(schüttelt salbungsvoll Annas Hand.)*
Wie steht geschrieben! - Liebe - Neigung - das ist
Ein Schatz, den weder Motten weder Rost
Verzehren können, - wenn auf sie Verlass ist.

FRAU HALM.
Wie hübsch, dass Sie die lieben Kinderlein
Zur Stadt mitnahmen.

STROHMANN.   Draußen auf dem Lande
Sind außer diesen acht noch vier.

FRAU HALM.   Ach nein?

STROHMANN.
Davon sind drei zum Glück noch nicht imstande,
Mein Fehlen jetzt zur Reichstagszeit zu fassen.

FRL. ELSTER *(zu Frau Halm, während sie sich verabschiedet.)*
Verzeihn Sie mir, ich muss Sie jetzt verlassen.

FRAU HALM.
Sie wollen jetzt schon - ? Ach, das wird Sie reun!

FRL. ELSTER.
Ich muss zur Stadt, die Neuigkeit verbreiten;
Bei Müllers sitzt man noch bis lang nach neun;
Ach Gott, wie werden sich die Tanten freun. -
Nun, Ännchen, fort mit allen Blödigkeiten!
Und morgen, Sonntag, werden dich die Haufen
Der Gratulanten nur so überlaufen.

FRAU HALM.
Nun denn, gute Nacht!
(Zu den andern.)
                    Sie trinken wohl nunmehr
Ein Tässchen Tee? Frau Strohmann, bitte sehr!

Frau Halm, Strohmann, dessen Frau *und* Kinder, *samt* Goldstadt, Lind *und* Anna *ab ins Haus.*

FRL. ELSTER, *(während sie den Arm ihres Bräutigams nimmt.)*
Nun lass uns schwärmen, Stüber! Siehst du da,
Wie Luna hoch am Himmel schwimmt und schwebet!
Du siehst ja aber gar nicht!

STÜBER *(verdrießlich.)*   Ja doch, ja;
Ich überschlug nur eben unser Debet.

Sie gehen nach links ab. Falk, *der während des Vorhergehenden unverwandt* Strohmann *und dessen Frau betrachtet hat, bleibt allein im Garten zurück. Es ist nun vollständig Abend; drinnen im Haus wird Licht gemacht.*

FALK.
Verbrannt, erstorben alles; - wen's nicht schmerzte! -
So geht's zu zwein durchs Lebensparadies!
Da stehen sie zusammen wie geschwärzte
Baumstämme, die ein Waldbrand übrig ließ.
So weit der Blick reicht, nichts als Wüsteneien, -
Oh, bringt denn niemand Grün in diesen Dust!
(Schwanhild *betritt mit einem blühenden Rosenstock die Veranda und stellt ihn auf die Rampe.*)
Ja, eine - !

SCHWANHILD.
        Falk? Sie sind hier noch im Freien?

FALK.
Und ohne Furcht! Die Nacht behagt mir just.
Doch, Schwanhild, fürchten Sie sich nicht da drinnen,
Wo Lampenlicht auf fahle Leichen fällt -

SCHWANHILD.
Oh pfui!

FALK *(sieht nach Strohmann, der sich am Fenster zeigt.)*
    Wie stritt er einst mit aller Welt,
Sich seine Liebste trotzig zu gewinnen!
An Brauch und Sitte wagte er den Hals,
Ein Herz voll Liedern wagt' er zu entblößen -!
Und nun - mit seines Festrocks langen Schößen
Welch wandelnd Beispiel seines tiefen Falls!
Und dieses Weib da, im zerrissnen Kleid,

Mit Schuhn, die klappernd von den Fersen streben,
Sie sollt' ihn einst, als hehre Flügelmaid
In die Gemeinschaft schöner Seelen heben.
Was blieb vom Feuer übrig? Aschenreste!
Sic transit gloria amoris, Beste!

SCHWANHILD.
Oh, möcht' mich nie das Schreckenslos ereilen,
Mein Leben *so* mit einem Mann zu teilen!

FALK *(rasch.)*
Nun wohl, so machen wir uns von Dekreten,
Die nicht Natur, nur Menschenwitz gab, frei!

SCHWANHILD *(schüttelt den Kopf.)*
Dann, glauben Sie, dann wär's mit uns vorbei,
So sicher als dies Erd' ist, was wir treten.

FALK.
Nein, da ist Sieg, wo zwei vereinigt streiten.
Wir woll'n nicht mehr der Flachheit Kirchen füllen,
Nachbeter alberner Gemeinwahrheiten!
Soll sich Persönlichkeit im Kern enthüllen,
Muss sie selbstständig, wahr und frei dastehn.
Das sehn Sie ein, wie ich es eingesehn.
Denn Ihr Gemüt beseelt ein reiches Leben,
Ihr Geist ist warm und weiß sich groß zu geben -
Der Schnürleib des Formellen dünkt Sie Qual -
Sie sprengen ihn, Sie woll'n ein frei Pulsieren;
Und dem gemeinen Chor zu sekundieren,
Beredet Sie kein Taktstock der Moral!

SCHWANHILD.
Und glauben Sie, dass ich nicht oft, schon oft

Gekämpft, geplant, verzweifelt, neu gehofft?
Ich wollte mich auf eigne Wege schlagen -

FALK.
Ja, wohl in Träumen?

SCHWANHILD. Nein, in frischer Tat.
Allein da kam der Tanten Hoher Rat,
Da gab's ein Prüfen, Wägen, Forschen, Fragen - -
(Näher.)
In Träumen, sagen Sie - nein, nein, ich wagte
Den Schritt - als Malerin mich durchzukämpfen.

FALK.
Nun, und - ?

SCHWANHILD. Umsonst, denn das Talent versagte.
Jedoch mein Freiheitstrieb war nicht zu dämpfen.
Das Atelier vertauscht' ich mit den Brettern.

FALK.
Um dann auch dies Kapitel umzublättern?

SCHWANHILD.
Jawohl, auf Vorschlag meiner ältsten Tante;
Ihr schien, ich passte mehr zur Gouvernante - -

FALK.
All dessen aber ward *hier* nie gedacht!

SCHWANHILD.
Natürlich. Jeder nahm sich wohl in acht.
(Mit einem Lächeln.)
Man fürchtet, "meine Zukunft" könnt' es spüren,
Wenn junge Herrn von jener Zeit erführen.

FALK *(blickt sie eine Weile mit nachdenklicher Teilnahme an.)*
Ich ahnte lang, dass dies Ihr Schicksal war.
Mir ward sogleich, da ich Sie kennen lernte,
Der ganze innerliche Abstand klar,
Der Sie von all den übrigen entfernte.
Den Tisch umsaß das saubere Gelag,
Die Tassen dampften und die Phrasen schwirrten,
Die Fräuleins wurden rot, die Herren girrten,
Wie Taubenvolk an schwülem Sommertag.
Da sahst du in Moral und Glauben dich
Von Greisinnen und Jungfern unterwiesen,
Da ward von jungen Fraun das "Haus" gepriesen,
Doch Sie, Sie standen einsam und für sich.
Und als zuletzt der Schwatz zum Rausch gestiegen,
Zum Tee- und Prosabacchanal, war mir's,
Ich säh' Sie wie ein edel Goldstück liegen
Inmitten schlechten Kupfers und Papiers.
Sie trugen eines fremden Staates Zeichen,
Sie gingen nicht nach dieses Lands Valut',
Unwechselbar in einem Tagsdisput
Von Versen, Butter, Kunst und mehr dergleichen.
Da - just als Fräulein Elster sprach -

SCHWANHILD *(mit einem Anflug von Ernst.)*
                       Und Stüber
Dahinter stand, mit ritterlichem Charm',
Seinen Chapeau gleich einem Schild im Arm -

FALK.
Rief Ihre Mutter über Tisch herüber:
"Trink, Schwanhild, meinst du denn, dein Tee bleibt warm?"
Und Sie, Sie tranken denn das schale Kranken-
Gesöff, wie's all die andern um Sie tranken.
Allein der Name traf und packte mich, -

Ich sah die wilde Völsungsage sich
Mit ihren langen Reihn gefallner Recken
Herunter bis in unsre Zeit erstrecken;
In Ihnen sah ich eine nach des Tages
Begriff geformte Schwanhild neuen Schlages.
Einst log man sich ein Recht zum Kriege zu,
Jetzt fordert sich das Volk Vergleich und Ruh;
Doch stürmt nun heute wer auf eignen Füßen,
So muss für Vätersünden schuldlos büßen.

SCHWANHILD *(mit leichter Ironie.)*
Wie? Also solche blutbesprengten Schemen
Entstiegen Ihrer Tasse blauem Dunst!
Jedoch, das ist wohl Ihre kleinste Kunst,
Da, wo kein Geist ist, Geister zu vernehmen.

FALK *(bewegt.)*
Nein, lachen Sie nicht, Schwanhild - denn, weiß Gott,
Ich sehe Tränen hinter Ihrem Spott -
Und sehe mehr. Zertrat man Ihren Geist,
Zerknetete wie Lehm Ihr ganzes Wesen,
Wird jeder Tropf Sie sich zum Opfer lesen
Und pfuschen wollen, dumm und plump und dreist.
Des Herrgotts Schöpfung wird die Welt plagiieren,
Neu schaffen Sie - nach *ihrem* Bild, der *Welt;*
Zutun, wegnehmen, ändern, modellieren.
Und wird dann *dies* aufs Postament gestellt,
Dann jubelt sie: Seht, *nun* ist sie normal!
Wie plastisch ruhig, marmorkühl und -fahl!
Bestrahlt von Lampenschein und Lüsterschimmer -
Wie dekoriert sie köstlich nun das Zimmer!
(Ergreift leidenschaftlich ihre Hand.)
Doch *leben* Sie erst, eh' Sie sterben sollen!
Erst sein Sie *mein* in Gottes Lenznatur;
Sie kommt noch stets zu zeitig, die Dressur

Zur "Dame", - und dann mag das *Weib* sich trollen.
Doch *das* just lieb' ich. Was ist mir der Rest?
Entführ' Sie einst ein andrer in sein Nest! -
Doch *hier* wär's, wo mein erster Lenz ersprösse,
Mein Liederbaum die ersten Triebe schösse;
Hier, Schwanhild, würd' ich reifer, reicher, lichter, -
Hier würd' mir Flugkraft, - hier, hier würd' ich Dichter!

SCHWANHILD *(mit sanftem Vorwurf, während sie ihre Hand aus der seinen zieht.)*
Oh, warum sprachen Sie und schwiegen nicht?
Es war so schön, dies sich in Freiheit nah sein.
Gelübd' und Eide - müssen sie denn da sein,
Damit ein Glück nicht gleich zusammenbricht!
Nun sprachen Sie, und alles ist vorbei.

FALK.
Vielmehr, ich wies ein Ziel, - nun steht's bei Ihnen,
Sich Ihren Namen wahrhaft zu verdienen.
Ein frisch gewagter Sprung - und Sie sind frei!

SCHWANHILD.
Und ich bin frei?

FALK.   Ja, frei sein heißt gerade,
Das tun, wozu wir uns berufen sehn;
Und *Sie*, das weiß ich, gab mir Gottes Gnade,
Dem Schönheits-Sündenfall zu widerstehn.
Wie Der, mit dem mein Name sich begegnet,
Nur steigt, wenn er dem Wind *entgegen* fliegt,
Sind *Sie* der Luftzug, der mich aufwärts wiegt
Und meine Schwingen erst mit Kräften segnet.
Mein sei'n Sie, mein, bevor die Welt Sie hab', -
Und fällt das Laub, greif' jeder still zum Stab.
Oh singen Sie mir Ihren Reichtum ein,

Dass Lied um Lied den Dank zurücke trage;
Und altern Sie dann einst beim Lampenschein,
Ist's wie der Baum welkt, - ohne Qual und Klage.

SCHWANHILD *(mit unterdrückter Bitterkeit.)*
Verzeihn Sie, wenn ich dankend mich bescheide,
So schön sich auch Ihr gutes Herz erhitzt:
Ich bin für Sie, was für ein Kind die Weide,
Daraus es seine Eintagsflöte schnitzt.

FALK.
So hat sie doch den Menschen was erzählt,
Eh' sie der Herbst mit grauen Nebeln quält.
(Heftig.)
Sie *müssen! Sollen!* Es ist Ihre Pflicht,
Sich mir zu schenken, - *fühlen* Sie das nicht?
Was Sie nur träumen, wird in mir Gedicht!
Da liegt der Vogel noch, den ich erschlug;
Sie hörten seine Stimme nie genug.
Oh singen Sie für mich, wie er für Sie, -
Und ein Gedicht wird jede Melodie!

SCHWANHILD.
Und *kennen* Sie mich dann und bin ich leer
Und hab' mein letztes Lied vom Zweig gesungen -
Was dann?

FALK *(betrachtet sie.)*
        Was dann? Wohlan, was tat denn er?
(Zeigt in den Garten.)

SCHWANHILD *(leise.)*
Ja, ja, dann wird der Stein nach mir geschwungen.

FALK *(lacht höhnisch.)*
Das ist der Mut, der sich so hoch verschwor,
Nach jedem Ziel den Freiheitssprung zu wagen!
(Mit Nachdruck.)
Hier *ist* ein Ziel - was werden Sie nun sagen,
Das alles klärt?

SCHWANHILD.   Nichts andres als zuvor:
Auf *dem* Weg kann ich nie mit Ihnen wandern.

FALK *(kalt abbrechend.)*
So sind wir quitt! So gehn Sie mit den andern.

Schwanhild hat sich schweigend von ihm abgewandt. Sie stützt die Hände gegen das Geländer der Veranda und legt den Kopf darauf.

FALK *(geht einige Male auf und ab, nimmt eine Zigarre, bleibt in Schwanhilds Nähe stehen und sagt nach einer Pause:)*
Sie hätten recht, es lächerlich zu finden,
Was Ihnen heute Abend widerfuhr.
(Hält inne, als ob er eine Antwort erwarte. Schwanhild schweigt.)
Ich ging zu weit. Ich seh', Sie wissen nur
Als Schwester und als Tochter zu empfinden.
Ich will fortan nur noch behandschuht gehn,
Damit wir uns nicht wieder missverstehn.
(Wartet ein wenig, - da aber Schwanhild unbeweglich stehen bleibt, wendet er sich um und geht nach rechts hinüber.)

SCHWANHILD *(hebt nach einer kurzen Pause den Kopf empor, sieht ihn fest an und nähert sich.)*
Nun nehmen Sie ein ernstes Wort in acht,
Zum Dank, dass Sie mich haben retten wollen.
Sie brauchten da ein Bild, das mich zum vollen
Verständnis Ihres Wolkenflugs gebracht.

Sie sahen sich als Falken, der dem Winde
Entgegen steuert, will er höchsten Flug;
Ich war der Hauch, der Sie zum Himmel trug, -
Und ohne mich verdarb der Held zum Kinde.
Wie jämmerlich! Wie unaussprechlich klein, -
Ja lächerlich, wie's Ihnen selber schwante!
Doch fiel Ihr Gleichnis nicht auf spröden Stein,
Da's an ein *ander* Gleichnis mich gemahnte,
Und dieses dürfte minder hinkend sein.
Ich sah Sie, nicht als Falken, nein, als Drachen,
Als Dichterdrachen, der, papierbeleibt,
Als eignes Ich ein Unding ist und bleibt,
Und den erst Schnur und Wind zu etwas machen.
Die Brust - von Wechseln auf ein früh und spät
Erharrtes Poesiegold übersät;
Ein Bündel Epigramme jede Schwinge,
Wild flatternd, aber zahm wie Schmetterlinge;
Der lange Schweif ein stolzes Zeitgedicht,
Das der Gesellschaft Fehler geißeln sollte,
Doch allerhöchstens einmal säuselnd schmollte,
Vergaß der ein' und andre seine Pflicht.
So sah *ich* Sie und hört' Ihr kraftlos Flehn:
"Ach, setz mich auf im Westen oder Osten!
Ach, lass mich und mein Lied zum Himmel gehn,
Und mag's dich auch der Mutter Schelte kosten!"

FALK *(mit geballten Händen und starker innerer Bewegung.)*
Beim ewigen Gott -!

SCHWANHILD.   Nein, ohne Vorbehalt,
Zu solchem Kinderspiel bin ich zu alt.
Sie aber, ein Erwählter der Natur,
Begnügen sich mit niedrem Wolkenstreben,
Und hängen Ihre Kunst an eine Schnur,
Die meiner Willkür wehrlos preisgegeben!

FALK *(rasch.)*
Wir schreiben heute - ?

SCHWANHILD *(milder.)* Das ist ehrenhaft;
Sie wollen dieses Datum heilig sprechen!
Von heut ab fliegen Sie aus eigner Kraft
Und stellen sich auf Biegen oder Brechen.
Papierne Dichtungen sind Pultbestand,
Nur das Lebendige gehört dem Leben,
Nur *ihm* sind alle Pässe preisgegeben; -
Jetzt wählen Sie, Sie haben freie Hand.
(Ihm näher.)
Nun, sehen Sie, erfüllt' ich Ihr Begehr:
Mein letztes Lied vom Zweig, es ist verschollen;
Es war mein Einzigstes, - nun bin ich leer,
Nun heben Sie den Stein auf, wenn Sie wollen!

Sie geht ins Haus; Falk *bleibt unbeweglich stehen und blickt ihr nach. Weit außen auf dem Wasser sieht man ein Boot, von dem her, fern und gedämpft, folgender Gesang vernehmbar wird.*

CHOR.
  Die Segel gehisst! Die Schwingen geregt!
  Wie ein Aar übern Spiegel des Weltmeeres gefegt,
  Voran allen Sturmvögelscharen!
  Überbord den Vernunftballast, Pfund um Pfund!
  Und segel' ich auch mein Boot in den Grund,
  Oh, so *ist* es doch selig zu fahren!

FALK *(zerstreut, fährt aus seinen Gedanken auf.)*
Gesang? Na ja, - das ist wohl Linds Quartett,
Das sich im Jubeln übt!
(Zu Goldstadt, der mit einem Staubmantel überm Arm aus dem Hause tritt.)

Na, schon zu Bett,
Herr Goldstadt, - drückt man sich so sacht beiseit'?

GOLDSTADT.
Ja, will mich nur noch in den Mantel packen;
Wir Nichtpoeten sind nicht zuggefeit,
Wir kriegen's von der Nachtluft leicht im Nacken.
Gut Nacht!

FALK. Ein Wort noch! Wissen Sie mir Rat
Zu einer Tat, doch einer *großen* Tat - ?
Aufs Leben los - - !

GOLDSTADT *(mit ironischem Nachdruck.)*
Na, gehn Sie los aufs Leben,
So soll'n Sie sehn, es geht aufs Leben los.

FALK *(blickt ihn nachdenklich an und sagt langsam.)*
Da ist in Kürze das Programm gegeben.
(Lebhaft und leidenschaftlich.)
Nun fühl' ich mich der schlaffen Träume bloß;
Der Würfel fiel, der Wurf ist gut geraten;
Sie sollen sehn, - der Teufel hol' mich -

GOLDSTADT. He!
Mit Fluchen tut man keiner Fliege weh.

FALK.
Nein, keine Worte mehr, nur Taten, Taten!
Des Herrgotts Arbeitswoche kehr' ich um; -
Sechs lange Tage konnt' ich nichts als gaffen;
Mein Weltgebäude liegt noch leer und stumm - -
Doch morgen, Sonntag, - hei, da will ich schaffen!

GOLDSTADT *(lachend.)*
Ja, zeigen Sie den Leuten, wie man's macht!
Jetzt aber gehn Sie erst zu Bett, gut Nacht!

Geht links ab. Schwanhild *wird in dem Zimmer über der Veranda sichtbar, sie schließt das Fenster und lässt die Gardine herunter.*

FALK.
Jetzt schlafen? Wo's nach Taten in mir tobt!
(Sieht zu Schwanhilds Fenster hinauf und spricht, wie von einem großen Entschluss gepackt, mit Impuls:)
Gut Nacht! Gut Nacht! Schlaf' süß in dieser Nacht!
Und morgen, Schwanhild, sind wir zwei verlobt.

(Geht rasch rechts ab; vom Wasser her ertönt wiederum:)

DER CHOR.
    Und segelst du auch dein Boot in den Grund,
    Oh, so *ist* es doch selig zu fahren!

Das Boot gleitet langsam weiter, während der Vorhang fällt.

Zweiter Akt

Sonntagnachmittag. Geputzte Damen und Herren trinken auf der Veranda Kaffee. Durch die offenen Glastüren sieht man mehrere Gäste im Innern des Gartenzimmers; aus diesem Raum erklingt folgender

CHOR.
    Willkommen in unserm Verlobtenverband!
    Nun dürft ihr öffentlich Küsse tauschen,
    Nun euch berühren an Hand und Gewand,
    Nun euch vergnügen im Liebesland,
    Mag auch, wer will, euch belauschen.

    Nun dürft ihr so selig schwärmen zu zwein,
    Unbesorgt, wo ihr auch stehet und gehet.
    Setzt eure Liebe fein säuberlich ein,
    Pflegt sie und gießt sie und lasst sie gedeihn;
    Zeigt nun, wie hübsch ihr's verstehet!

FRL. ELSTER *(im Zimmer drinnen.)*
Nein, Lind, dass ich so ohne Ahnung blieb!
Wie hätt' ich Sie geneckt!

EINE DAME *(ebendort.)*   Es ist zum Weinen!

EINE ANDRE DAME *(in der Tür.)*
Er *schrieb* wohl, Anna?

EINE TANTE.   Nein!

FRL. ELSTER.   Der *meine* schrieb.

EINE DAME *(auf der Veranda.)*
Anna, wie lange wart Ihr schon im Reinen?
(Läuft in die Stube hinein.)

FRL. ELSTER.
Und morgen kaufen wir den Ring für dich.

MEHRERE DAMEN *(eifrig.)*
Da suchen wir mit aus!

FRL. ELSTER.   Ei was, dass ich
Mit bin, genügt.

FRAU STROHMANN *(auf der Veranda zu einer Dame mit Handarbeit.)*
       Sie nähn mit Hinterstich?

DIE HAUSMAMSELL *(in der Tür, mit einem Tablett.)*
Noch etwas Kaffee?

EINE DAME.   Bitte noch ein Tröpfchen!

FRL. ELSTER.
Dass du die Bluse mit den seidnen Knöpfchen
Grad' jetzt bekommst, das trifft sich meisterlich.

EINE ÄLTLICHE DAME *(im Zimmer am Fenster.)*
Wann fangen wir denn einzukaufen an?

FRAU STROHMANN.
Was ist wohl jetzt der Preis für Porzellan?

EIN HERR *(zu einigen Damen auf der Veranda.)*
Man muss Herrn Lind mit Annas Handschuh sehen!

EINIGE VON DEN DAMEN *(in lauter Freude.)*
Bei Gott, er küsst ihn!

ANDERE *(ebenso, während sie aufspringen.)*
Küsst ihn? Ohne Scherz?

LIND *(zeigt sich, rot und verlegen, in der Tür.)*
Ach Unsinn!
(Entfernt sich wieder.)

FRL. ELSTER.   Aber, Lindchen, Hand aufs Herz!

STÜBER *(erscheint in der Tür mit einer Kaffeetasse in der einen und einem Zwieback in der andern Hand.)*
Nein, nein, man muss ein Faktum nicht verdrehen;
Ich attestiere, dass dem nicht so war.

FRL. ELSTER *(drinnen und ohne sichtbar zu sein.)*
Hier vor den Spiegel mit dem jungen Paar!

EINIGE DAMEN *(rufend.)*
Herr Lind, wir bitten!

FRL. ELSTER.   Rücken gegen Rücken!

DIE DAMEN AUF DER VERANDA.
Das muss man sehn! Hat er sich viel zu bücken - ?
(Alle laufen ins Gartenzimmer; man hört eine Weile Lachen und lautes Schwatzen drinnen.)

FALK, *(der während des vorhergehenden Auftritts im Garten herumspaziert ist, kommt nun nach dem Vordergrund, bleibt stehen und sieht durch die Tür hinein, bis der Lärm sich etwas gelegt hat.)*
Da schlachten sie der Liebe Poesie! -

Der Pfuscher, der die Kuh so plump erstäche,
Dass sie nicht augenblicks zusammenbräche,
Er käm' ins Loch, - doch dieser Galerie
Von Schindern wird für alles Amnestie.
(Ballt die Hand.)
Ich möchte gleich - ah - nichts, kein Wort verloren!
Nur handeln noch - das hab' ich mir geschworen.

LIND *(kommt hastig und vorsichtig aus der Tür.)*
Gottlob, nun wird vom neusten Schnitt gesprochen;
Da kann ich fort -

FALK.   Jetzt sitzest du wohl warm
Im Glück: Der Gratulanten Mückenschwarm
Hat dich ja heut den ganzen Tag gestochen.

LIND.
Sie meint's ja gut, die liebe Tantenschar,
Doch weniger wär' auch genug, wohl wahr!
Ihr Anteilnehmen lässt zuletzt ermatten;
Da kommt ein wenig Ruh' mir nur zustatten.
(Will rechts ab.)

FALK.
Wo willst du hin?

LIND.   Aufs Zimmer, dacht' ich mir.
Ich riegle ab, - und klopfst du, öffn' ich dir.

FALK.
Doch soll sich nicht auch Anna zu dir schlagen?

LIND.
Nein, - will sie was, so lässt sie mir's wohl sagen.
Wir sprachen noch bis lang nach Mitternacht, -

Da wies ich ihr so ungefähr das Wichtigste;
Und außerdem bedünkt es mich das Richtigste,
Wenn man sein Glück sich etwas selten macht.

FALK.
Ganz recht! Man greif' zum täglichen Gebrauche
Nicht allzu tief -

LIND.   Pst! Lass mich, - es ist Zeit,
Dass ich mal wieder richtig Pfeife rauche.
Drei ganze Tage hab' ich mich kasteit.
Mein Blut, das war so seltsam in Erregung,
Ich bebte so, mich Annan zu entdecken -

FALK.
Ja, ja, verpaffe die Gemütsbewegung!

LIND.
Und sei gewiss, der Knaster soll mir schmecken. *(Rechts ab.)*

Fräulein Elster und einige andere Damen *kommen aus dem Gartenzimmer.*

FRL. ELSTER *(zu Falk.)*
War er's, der ging?

FALK.   Jawohl, es war das Wild.

EINIGE DAMEN.
Uns wegzulaufen!

ANDRE.   Pfui, wie ungalant!

FALK.
Er ist noch scheu; doch frisst er aus der Hand,
Gewöhnt er erst sein neues Aushängschild.

FRL. ELSTER *(sieht sich um.)*
Wo sitzt er denn?

FALK.　　　　　In der Mansarde drüben,
Im Gartenhaus, wo wir gemeinsam nisten;
(Flehentlich.)
Ach lassen Sie ihn dort ein Weilchen fristen;
Er braucht's.

FRL. ELSTER.　　Nun gut, wir wollen Schonung üben -
Doch nicht zu lang.

FALK.　　　　　　Ein Viertelstündchen nur, -
Nur bis er eine Zeile Text erledigt, -
Er schreibt gerad' auf Englisch eine Predigt -

FRL. ELSTER.
Auf Englisch - ?

DIE DAMEN.　　　Ach, Sie spotten! Keine Spur!

FALK.
Mein bittrer Ernst. Er hat sich fest entschlossen,
Wenn ihm ein Sprengel bei den Emigranten
Geboten wird -

FRL. ELSTER *(erschrocken.)*
　　　　　So hat er diese Possen
Noch nicht verwunden?
(Zu den Damen.)

Rufen Sie die Tanten!
Und Strohmann und die Mutter und die Braut!

EINIGE DAMEN *(in Bewegung.)*
Das darf nicht sein!

ANDRE. Wir protestieren laut!

FRL. ELSTER.
Gottlob - da sind sie -
(Zu Anna, die zusammen mit dem Pastor, dessen Frau und Kindern, Stüber, Goldstadt, Frau Halm und den übrigen Gästen aus dem Gartenzimmer kommt.)
Weißt du, was dein Lind
Im Stillen fest entschlossen ist, mein Kind?
Sich um ein Kirchspiel -

ANNA. Drüben umzusehn.

FRAU HALM.
Und du hast ihm versprochen -

ANNA *(verlegen.)* Mitzugehn.

FRL. ELSTER *(empört.)*
So hat er dich beschwatzt!

DIE DAMEN *(schlagen die Hände zusammen.)*
Nein, wie verschlagen!

FALK.
Doch wenn sein Drang ihn treibt - ?

FRL. ELSTER. Sie Aeronaut!
Dem folgt man wohl in *Junggesellen*tagen -

Doch ein *Verlobter* folgt nur seiner Braut.
Nein, liebes Ännchen, sei nicht so bescheiden;
Ein Kind der Hauptstadt - und so anspruchslos!

FALK.
Für die Idee zu leiden ist doch groß!

FRL. ELSTER.
Für die Ideen des Bräutigams zu leiden?
Das wäre doch, beim guten Gott, kurios!
(Zu den Damen.)
Sie alle, bitte!
(Fasst Anna unter den Arm.)
          So; nun sollst du hören; -
Und dann soll *er* dir Unterwerfung schwören.

Sie geht nach dem Hintergrund und von dort rechts ab, in eifrigem Gespräch mit mehreren Damen. Die übrigen Gäste verstreuen sich gruppenweise rings im Garten. Falk hält Strohmann an, dessen Frau und Kinder sich stets in seiner Nähe halten. Goldstadt kommt und geht während des folgenden Gesprächs.

FALK.
Herr, helfen Sie dem jungen Glaubenszeugen,
Bevor sie Anna'n gegen ihn gewinnen!

STROHMANN *(im Amtston.)*
Gewiss, das Weib soll sich dem Manne beugen -
(Bedenklich.)
Doch weiß ich dessen recht mich zu entsinnen,
Erhebt sich der Beruf auf schwankem Grund,
Und auch das Opfer steht noch sehr in Frage.

FALK.
Herr Pastor, Sie verkennen doch die Lage.
Denn ich versichre Sie mit Hand und Mund,
Dass der Beruf für ihn wie ausgedacht ist -

STROHMANN *(verständnisvoll.)*
Ja, - wenn ihm *etwas Sichres* ausgemacht ist,
So etwas wie ein Jahrgehalt, - ja *dann!*

FALK *(ungeduldig.)*
Ich seh', es kommt uns auf Verschiednes an,
Mir heißt Beruf *Trieb* - Ihnen *Jahresrente!*

STROHMANN *(mit gefühlvollem Lächeln.)*
Ja, ohne *die* kann niemand Zeugnis tun -
Nicht hier noch auf dem neuen Kontinente,
Noch irgendwo. Ja, wär' er *frei* - je nun,
Mein lieber, junger Freund, - noch *Junggeselle,*
Noch *ledig,* - dann nur fort ins fremde Land!
Doch Lind, der eben Anna'n sich verband,
Er wagt zu viel mit einer solchen Stelle.
Und dann, - er ist der Mann zum Ehestand,
Und ein Famil'chen stiftet sich im Stillen -
Ich setz' voraus, er hat den besten Willen -
Allein die *Mittel,* Freund - ? "Bau nicht auf Sand",
So sagt die Schrift. Die Sache wäre leichter,
Wofern das Opfer -

FALK.   Das ist nicht geringe,
Das weiß ich wohl.

STROHMANN.   *Das* hülfe! Denn, erreicht' er,
Dass dieses Opfer recht von Herzen ginge
Und reichlich -

FALK.   Ja, von Herzen wird's ihm gehn.

STROHMANN.
Ihm gehn? Wie soll ich dies Ihr Wort verstehn?
Man legt es ihm doch auf den Altar nieder,
Er selber bringt's doch nicht -

FRAU STROHMANN *(späht nach dem Hintergrund aus.)*
              Da sind sie wieder.

FALK *(starrt ihn einen Augenblick erstaunt an, versteht ihn plötzlich und bricht in Lachen aus.)*
Ach so, *das* Opfer, - das, wenn Festtag ist,
Das Volk in Euren Opferstock bemisst!

STROHMANN.
Ja, geht man so das ganze Jahr im Joche,
So schätzt man seine Pfingst- und Weihnachtswoche.

FALK *(lustig.)*
Und weiht sich dem "Beruf" - falls er einträglich -
Mag man sogar Familiendromedar sein!

STROHMANN.
Versteht sich, - hat man nur sein Fixum täglich,
So kann man Hottentottenmissionar sein.
(Mit gedämpfter Stimme.)
Nun hoff' ich sie im Guten zu gewinnen.
(Zu einem seiner kleinen Mädchen.)
Kind, kannst du dich auf meinen Kopf besinnen?
Den Tonkopf mein' ich - ! Hab' ich -
(Fühlt in seine Rocktasche hinter.)
              Ach, verzeih mir,
Mein Malchen; schau, ich hab' ihn selber bei mir.

(Stopft im Weitergehen seine Pfeife, begleitet von Frau und Kindern.)

GOLDSTADT *(kommt näher.)*
Sie spielen wohl ein wenig Schlange hier
Im Liebesparadies, - Sie sind ein Schlauer!

FALK.
Die Früchte der Erkenntnis sind so sauer, -
Sie reizen niemand -
(Zu Lind, der von rechts kommt.)
              Na, - was ist mit dir?

LIND.
Mein Gott, wie sieht's auf unsrer Bude aus!
Die Lampe liegt zerschmettert in der Ecke,
Der Vorhang hängt in Fetzen von der Decke,
Das Ofenrohr ist voller Tintenflecke -

FALK *(schlägt ihm auf die Schulter.)*
Ich machte, Freund, der alten Zeit Garaus.
Zu lange saß ich hinter der Gardine
Und ließ dem Lampendocht das Regiment;
Die Stubenpoesie hat nun ein End',
Und Herrgottssonne lacht in die Ruine.
Mein Frühling kam und brachte mir die Wandlung;
Ich dichte jetzt nur noch in Tat und Handlung.

LIND.
Dicht', wie du willst, - doch sei dir auch bewusst,
Dass meine Schwiegermutter den Verlust
Empfinden wird - besonders die Gardine.

FALK.
Wie? Sie, die ihren Zimmerherren alles -

Selbst Nichten, Töchter - opfert, glaubst du, wechselte
Solch eines Humbugs halber nur die Miene?

LIND *(ärgerlich.)*
Gewiss, und dieses Wilde, Ungedrechselte
Kompromittiert uns *beide* schlimmsten Falles.
Doch sei dem, wie dem sei. Die Lampe war
Mein Eigentum mit Ständer, Glas und Kuppel -

FALK.
Pah, lieber Freund, - das macht mir wenig Skrupel,
Du hast doch Gottes Sommer, licht und klar, -
Was soll die Lampe da?

LIND.   Du bist doch eigen, -
Vergisst Du ganz, - der Sommer reicht nicht weit!
Und will man Weihnacht ins Examen steigen,
So, sollt' ich meinen, braucht man seine Zeit.

FALK *(mit großen Augen.)*
Du denkst *so weit?*

LIND.   Ja, freilich, Bruderherz!
Ich denke, das Examen ist kein Scherz.

FALK.
Und gestern Abend! Wo du lebtest, *lebtest*
Und trunken über allen Wünschen schwebtest, -
Selbst über dem, Examenheld zu sein!
Des Glückes Wundervogel war doch dein -
Dein ein Gefühl, als seist du Herr der Welt,
Die all ihr Gut in Deine Hand gestellt!

LIND.
Das sagt' ich, - aber solcherlei versteht
Sich doch cum grano salis -

FALK.   Seht doch, seht!

LIND.
Den *Vormittag* will ich mein Glück genießen, -
Das bin ich fest entschlossen.

FALK.   Wirklich, Lind!

LIND.
Zwar die Besuche, die zu machen sind,
Sie werden ihn wohl ganz in Anspruch nehmen.
Doch *noch* mehr Mußestunden anzuschließen,
Dazu kann ich mich keinesfalls bequemen.

FALK.
Und dennoch wolltest du vor wenig Tagen
Mit Sang und Klang zur blauen Ferne ziehn.

LIND.
Ja, doch bei näh'rer Überlegung schien
Mir's doch nicht recht, die Zeit so totzuschlagen.

FALK.
Nein, nein, dich hielt ein andrer, *bessrer* Grund:
Du sprachst davon, dass Vogellieder und
Gebirgsluft hier so gut wie droben seien.

LIND.
Ja, ganz gewiss, - die Luft hier ist gesund;
Doch, mein' ich, kann man auch in ihr gedeihen,
Wenn man vor seinem Buch sitzt und studiert.

FALK.
Das *Buch* war aber doch diskreditiert -
Die Himmelsleiter brach -

LIND.   Gott sei mir gnädig -
So etwas sagt man, wenn man *frei* und *ledig* -

FALK *(sieht ihn an und faltet die Hände in stiller Verwunderung.)*
Auch du, mein Brutus!

LIND *(mit einem Anflug ärgerlicher Verlegenheit.)*
                Lieber Freund, hör' zu,
Ich hab' jetzt andre Pflichten, ich, als du.
Ich habe meine Braut. Sieh all die andern
Verlobten, sprich mit Leuten, die erfahren, -
Und gegen die wirst du dich kaum verwahren, -
Sie alle sagen, - will man paarweis wandern,
So muss man -

FALK.   Deine Weisheit kannst du sparen.
Wer lehrte sie dich?

LIND.   Stüber zum Exempel;
Und dessen Wort trägt doch gewiss den Stempel
Der Wahrheit. Auch mit Fräulein Elster hatte
Ich ein Gespräch -

FALK.   Und Bertha und ihr Gatte?

LIND.
Ja, das ist seltsam. Denk dir, diese Leute,
Die sind von einer Ruhe -, *sie* weiß heute
Nichts mehr von ihrer eigenen Mädchenzeit,
Hat ganz vergessen, was das sein mag: "lieben".

FALK.
Das sind die Folgen der Verschlafenheit,
Dass die Erinnrungsvögel wirr zerstieben.
(Legt die Hand auf seine Schulter und sieht ihn ironisch an.)
Du, teurer Lind, du schliefst wohl süß heut Nacht?

LIND.
Und lang. Ich war so matt wie nach 'ner Schlacht
Und doch zugleich gerührt bis zur Verrücktheit;
Mein ganzer Zustand schien mir höchst fatal.

FALK.
Ja, ja, du littst an einer Art Verzücktheit.

LIND.
Doch, Gott sei Dank, erwacht' ich ganz normal.

Während dieses Auftritts hat man Strohmann *im Hintergrund auf und ab wandeln sehen, im eifrigen Gespräch mit* Anna *begriffen.* Frau Strohmann *und die Kinder immer hinterher.* Fräulein Elster *erscheint nun auch, zugleich* Frau Halm *und eine Anzahl anderer Damen.*

FRL. ELSTER, *(noch unsichtbar.)*
Herr Lind!

LIND *(zu Falk.)*
　　Da sind sie wieder hinter mir.
Komm, Falk!

FRL. ELSTER.　　Nein, bitte, bleiben Sie nur hier!
Und lassen Sie uns schnell den Zwist begleichen,
Der Sie und Ihre Braut zu trennen droht.

LIND.
Wir - und entzweit?

FRL. ELSTER *(zeigt auf Anna, die tiefer im Garten steht.)*
                Jawohl, - doch ihre rot
Geweinten Augen werden Sie erweichen.
Sie dürfen nicht hinüber!

LIND.   Gott, sie war
Doch einverstanden -

FRL. ELSTER *(spöttisch.)*
                Freilich, ganz und gar!
Nein, teurer Freund, Sie werden anders sprechen,
Wenn wir die Sache reiflich überdacht.

LIND.
Doch dieser Streit für unsres Glaubens Macht
Ist ja mein schönster Traum!

FRL. ELSTER.   Ei was, man lacht,
Lässt heut sich wer von Träumen noch bestechen!
So träumte Stüber jüngst, auf seinem Platz
Käm' ihm ein wunderlicher Brief zu Händen -

FRAU STROHMANN.
Wenn man so träumt, bekommt man einen *Schatz*.

FRL. ELSTER *(nickt.)*
Ja, - tags darauf ließ ihn der *Staatsschatz* pfänden.

Die Damen bilden einen Kreis um Lind und gehen im Gespräch mit ihm tiefer in den Garten.

STROHMANN *(fortfahrend zu Anna, die ihm am liebsten entwischen möchte.)*
Aus diesen Gründen also, liebes Kind,
Aus diesen Gründen, der Vernunft entnommen,
Ja der Moral, zum Teil der Schrift, verstehn Sie,
Muss *sein* Entschluss auch *Ihrer* sein; - denn, sehn Sie,
Sonst würd' ihm Ihre Liebe wenig frommen.

ANNA *(dem Weinen nahe.)*
Ach Gott, ich bin ja noch so unerfahren - -

STROHMANN.
Natürlich fürchtet man in Ihren Jahren,
Dass manches einem nicht zum besten diene;
Doch machen Sie Ihr Aug' dem Zweifel blind -
Und denken Sie an mich und Albertine!

FRAU STROHMANN.
Wie Ihre Mutter mir vorhin erzählte,
So stak mir's damals auch gar sehr im Hals,
Als wir berufen wurden -

STROHMANN. Ebenfalls -
Weil sie der Abschied von der Hauptstadt quälte.
Doch als das Brot sich nach und nach vermehrt hatte,
Und Gott die ersten Zwillinge beschert hatte,
Da war's vorüber.

FALK *(leise zu Strohmann.)*
Fahren Sie so fort!
Vortrefflich!

STROHMANN *(nickt ihm zu und wendet sich wiederum Anna zu.)*
Darum halten Sie Ihr Wort!

Wie, soll der Mensch verzagen? Falk erklärte,
Dass der Beruf sich sicherlich bewährte -
So war es doch?

FALK. Nein, Pastor -

STROHMANN. Ja, weiß Gott - !
(Zu Anna.)
So *ganz* wird man in keinem Amt bankrott.
Und ist dem so, was soll'n wir da verzagen?
Wie war's denn in der Vorzeit grauen Tagen
Mit Adam - Eva - Noahs Tierfamilien - ?
Und wer - wer speiset denn des Himmels Lilien -
Des Feldes Vöglein wer - wer gibt's den Fischen - -
(Fährt mit gedämpfter Stimme fort, während er sich mit Anna entfernt.)

FALK, *(indessen Frl. Elster und die Tanten mit Lind zurückkommen.)*
Hurra! Da kommt, das Treffen aufzufrischen,
Die ganze alte Garde im Gewehr!

FRL. ELSTER.
Da geht sie ja mit Strohmann hin und her.
(Mit gedämpfter Stimme.)
Wir *haben* ihn! Er geht nicht übers Meer.
(Nähert sich Anna.)

STROHMANN *(mit einer abwehrenden Bewegung.)*
Sie hat gesiegt. Der Geist ward Überwinder;
Und wo der heilige Geist das Seine tat,
Bedarf's der Welt nicht mehr -.
(Bescheiden.)
                    Half ihr mein Rat,
So ward mir Kraft - - !

FRAU HALM.   Na, dann versöhnt euch, Kinder,
Und das sofort!

DIE TANTEN *(gerührt.)*
    Ach Gott, wie schön das ist!

STROHMANN.
Ja, gibt es wohl ein Herz, so trüb, so trist,
Das nicht empfände: Oh, dies ist ergreifend?
Und wahrlich, wirkt's nicht schärfend, wirkt's nicht schleifend,
Wirkt's nicht erweckend, wenn sich solch ein jung,
Unmündig Wesen voll Erschütterung -
Doch willig - seinen Pflichten opfert?

FRAU HALM.   Ja, -
Doch die Verwandtschaft hat sich auch bewiesen.

FRL. ELSTER.
Das mein' ich auch, - ich und die Tanten da!
(Zu Lind.)
Den Schlüssel haben Sie zu ihrem Herzen;
Doch wir, wir haben Dietriche, und diesen
Vertraun Sie, wenn der Bart einmal nicht dreht.
(Drückt ihm die Hand.)
Wir sind zu Ihren Diensten früh und spät
Und hoffen jeden Schaden auszumerzen.

FRAU HALM.
Ja, wir sind um Euch, wo Ihr geht und steht -

FRL. ELSTER.
Euch schirmend vor der Zwietracht argen Schmerzen.

STROHMANN.
Oh Kreis voll Liebe, Freundschaft und Vertrauen!
Ein Augenblick, zugleich voll Glück und Wehmut!
(Wendet sich zu Lind.)
Doch lasset uns nun auch Euch einig schauen -
(Führt Anna ihm zu.)
Und küsset Euch - und küsset Euch in Demut

LIND *(reicht Anna die Hand.)*
Ich reise nicht!

ANNA *(zu gleicher Zeit.)*
Ich reise mit!

ANNA *(erstaunt.)*   Du bleibst?

LIND *(ebenso.)*   Du willst hinüber?

ANNA *(mit einem hilflosen Blick auf die Umstehenden.)*
So wären wir ja wiederum getrennt!

LIND.
Ja, was ist *das?*

DIE DAMEN.   Was nun?

FRL. ELSTER *(eifrig.)*   Nein, nein, - darüber
Kann doch kein Zweifel herrschen -

STROHMANN.   *Sie* bekennt
Sich willig, mitzureisen!

FRL. ELSTER.   *Er,* zu bleiben!

FALK *(lachend.)*
Die beiden fügten sich, - was will man *mehr?*

STROHMANN.
Nein, das wird mir zu stark, wie die es treiben!
(Geht nach dem Hintergrund.)

DIE TANTEN *(eine zur andern.)*
Von wem rührt eigentlich das Ganze her?

FRAU HALM *(zu Goldstadt und Stüber, die im Garten draußen promeniert haben und nun näher kommen.)*
Jetzt möchte *Anna* zu den Emigranten -
(Spricht leise mit ihnen.)

FRAU STROHMANN *(zu Fräulein Elster, während sie sieht, wie der Teetisch gedeckt wird.)*
Nun gibt es Tee.

FRL. ELSTER *(kurz.)*
   Gottlob! Mich dürstet sehr.

FALK.
Ein Hoch auf Freundschaft, Liebe, Tee und Tanten!

STÜBER.
Sahn wir den Sachverhalt sich also wenden,
So kann er leicht zu aller Freude enden.
Der Fall erledigt sich in dem Bereich
Des Paragrafen, dass die Frau dem Mann
Zu folgen hat. Da rüttle keiner dran -

FRL. ELSTER.
Wo bleibt da der geforderte Vergleich?

STROHMANN.
Was das Gesetz gebeut, das muss geschehen -

STÜBER.
Doch Lind, er kann ja das Gesetz umgehen: -
(Zu Lind gewendet.)
Sie schieben Ihre Reise einfach auf!

DIE TANTEN *(voll Freude.)*
Ja!

FRAU HALM.
  Freilich!

FRL. ELSTER. Ein erlösender Verlauf!

Schwanhild und die Mädchen haben inzwischen den Teetisch unterhalb der Verandatreppe gedeckt. Auf Frau Halms Aufforderung setzen sich die Damen um den Tisch. Die übrige Gesellschaft nimmt teils auf der Veranda und in der Laube, teils ringsum im Garten Platz. Falk sitzt auf der Veranda. Während des folgenden wird Tee getrunken.

FRAU HALM *(lächelnd.)*
So zog das kleine Wetter denn vorbei.
Solch Sommerregen labt, wenn er vorüber.
Dann scheint die Sonne doppelt hell, und trüber
Bewölkung folgt ein heitrer Nachmittag.

FRL. ELSTER.
Die Blume "Liebe" muss oft unbedingt
Im Regen stehn, sonst hält sie sich nicht frisch.

FALK.
Sie stirbt, sobald man sie aufs Trockne bringt, -
In dieser Hinsicht gleicht sie einem Fisch.

SCHWANHILD.
Die Liebe lebt doch aber von der Luft -

FRL. ELSTER.
Und *da*rin muss der Fisch doch sterben -

FALK.   Ja.

FRL. ELSTER.
Jetzt haben wir Herrn Falk im Netz, haha!

FRAU STROHMANN.
Der Tee ist gut, das merkt man schon am Duft.

FALK.
Na, halten wir am Blumengleichnis fest.
Denn wenn der Himmel mal nicht regnen lässt,
Sodass die Blume fast verdorrt vor Hitze - -
(Hält inne.)

FRL. ELSTER.
Was dann?

FALK *(mit einer galanten Verbeugung.)*
      Dann nahn die Tanten mit der Spritze. -
Allein, ob auch das Gleichnis schon uralt
Und tausendfach den Dichtern nachgelallt,
Ist sein Verständnis doch noch abzuwarten;
Denn wie viel Blumen gibt's in Feld und Garten!
Nun sagen Sie mir, welche ist die Liebe?
Wer wüsste die, bei der kein Zweifel bliebe?

FRL. ELSTER.
Ein jeder reicht der *Rose* diesen Kranz, -
Verleiht sie doch dem Leben Rosenglanz.

EINE JUNGE DAME.
Sie ist die *Anemon'*, im Schnee versteckt, -
Sie wird erst, wenn sie sich erschließt, entdeckt.

EINE TANTE.
Sie ist der *Löwenzahn,* den's just ergetzt,
Wenn ihn ein Absatz oder Huf verletzt,
Ja, der, zertreten, noch in Triebe ausbricht,
Wie das der Dichter Schmidt so köstlich ausspricht.

LIND.
Schneeglöckchen ist sie, - in dein junges Sein,
Da läutet sie des Lebens Pfingstfest ein.

FRAU HALM.
Nein, *Immergrün,* das, ob man Juni schreibt,
Ob Jänner, stets von gleicher Farbe bleibt.

GOLDSTADT.
Sie ist *isländisch Moos* von guter Ernte,
Das manche kranke Brust schon schätzen lernte.

EIN HERR.
Sie gleicht der *Wildkastanie,* - sehr zum Heizen
Geeignet, doch die Frucht, sie will nicht reizen.

SCHWANHILD.
Nein, der *Kamelie,* die wir auf Soireen
Den *Kopfschmuck* unsrer Damen bilden sehn.

FRAU STROHMANN.
Nein, nein, sie ist ein Blümlein, klein und nett; -
Ich glaube - grau war's - oder violett -
Wie hieß es doch nur - ? Es war gar nicht hässlich - -;
Nein, mein Gedächtnis wird recht unverlässlich.

STÜBER.
Ein jedes dieser Blumenbilder hinkt.
Mich mahnt die Liebe mehr an Blumen*töpfe,*
Darin *zuerst* nur Platz für einen winkt,
Doch *nach und nach* wird Raum für dutzend Köpfe.

STROHMANN *(inmitten seiner Kinderschar.)*
Die Liebe ist vielmehr ein *Birnbaum,* der
Im Lenz von Birnen-Blütenflocken schwer; -
Doch rückt das Jahr ein wenig vor, so sehen
Wir aus den Blüten grünes Obst erstehen;
Das nährt sich denn des Baums, davon es stammt, -
Und wird, will's Gott, zu Birnen insgesamt.

FALK.
So viele Häupter, so viel Sinne! Keins
Imstand', den Streit durchs rechte Bild zu enden!
Nicht eines stimmt, - doch hören Sie nun meins, -
Das können Sie beliebig drehn und wenden.
(Erhebt sich in Rednerstellung.)
Im fernen Osten wächst ein seltner Strauch:
Der "Sohn des Himmels" schmückt mit ihm sein Eden -

DIE DAMEN.
Aha, *der Tee!*

FALK.   Ja!

FRAU STROHMANN *(zu ihrem Gatten.)*
           Grad' so sprichst du auch,
Wenn du -

STROHMANN. So lass Herrn Falk doch weiter reden.

FALK.
In Wundertälern seine Knospen springen, -
Wohl tausend Meilen hinter Sand und Schnee - -
Füll' mir die Tasse, Lind! Auf Lieb' und Tee
Verlangt's mich einen Teetoast auszubringen.
(Die Gäste rücken dichter zusammen.)
Er wächst in einem Märchenland heran;
Ach, auch die Liebe ist nur da zu finden;
Und nur ein Kind des Sonnenreiches kann
Die seltne Pflanze richtig baun und binden.
Auch hier stimmt Tee und Liebe überein:
Ein Tropfen Sonnenblut muss in uns sein,
Soll Liebe wahrhaft Wurzel in uns schlagen,
Gedeihen, wachsen, Blatt und Blüte tragen.

FRL. ELSTER.
Doch China ist ein äußerst altes Land, -
Da ist wohl auch der Tee schon lang bekannt -

STROHMANN.
Den gab's wohl schon vor Tyrus und Jerusalem.

FALK.
Den kannte man bereits, als Herr Methusalem,
Der selige, noch für ein Knäblein galt -

FRL. ELSTER *(triumphierend.)*
Und aller Liebe Wesen ist doch jung!
Hier, scheint mir, hat Ihr Gleichnis einen Sprung.

FALK.
Durchaus nicht, - auch die Liebe ist uralt.
Den Lehrsatz unterschreibt man wohl im Kapland
So gut wie in Kamtschatka oder Lappland.
Ja, von Neapel bis zum Städtchen Brevig
Wird mancher selbst behaupten, sie sei *ewig*.
Na, darin liegt natürlich Übertreibung, -
Doch *alt* ist sie, - das spottet der Beschreibung.

FRL. ELSTER.
Doch Lieb' und Lieb' ist eins - bedünkt mich's recht, -
Hingegen Tee - den gibt es gut und schlecht.

FRAU STROHMANN.
Ja, Tee hat man in mancherlei Sortierung.

ANNA.
Da ist der grüne Frühjahrstrieb zunächst -

SCHWANHILD.
Der nur zur Lust der Sonnentöchter wächst -

EINE JUNGE DAME.
Berauschend wirkt bis zur Narkotisierung -

EINE ANDRE.
Wie Lotos duftet und wie Mandel schmeckt -

GOLDSTADT.
Doch *nie* sich bis auf unsern Markt erstreckt.

FALK *(der mittlerweile von der Veranda herabgestiegen ist.)*
Ach, meine Damen, jedes Mädchen pflegt
Sein "Reich der Sonne" still in sich zu hüten.
Da knospt ein Lenz von tausend solchen Blüten,

Von der Verschämtheit Mauer streng umhegt.
Doch ach, die Püppchen Eurer Fantasien,
Die träumerisch in Glöckchentempeln knien
Und schmachten - schmachten - Schleier um die Lenden -
Und güldne Tulpen in verhärmten Händen -
Sie sind's, die Eure Erstlinge empfangen;
Was später wird, das lässt Euch ohne Bangen.
Denn uns wird nur mehr Ausschuss angedreht -
Ein Nachtrieb, der wie Hanf zu Seide steht -
Ein Rest, den Sträuchern mühsam abgekargt -

GOLDSTADT.
Das ist der schwarze Tee.

FALK *(nickt.)* Der füllt den Markt.

EIN HERR.
Da nennt mal Holberg einen Thé de Boeuf -

FRL. ELSTER *(zimperlich.)*
Den kannten sicherlich nur unsre Ahnen.

FALK.
Nein, nein, es gibt auch eine Lieb' de Boeuf -
Die macht uns dumm - das heißt nur in Romanen,
Auch trifft man ihr Pantoffeltum noch öf-
Ter unter ehlichen Gardinenfahnen.
Sie streiten mir die Ähnlichkeit nicht fort.
So sagt zum Beispiel ein bekanntes Wort,
Der Tee, der übers Meer zu uns gelange,
Verliere sehr bei dieser Art Import
Und sein Aroma sei von mindrem Range.
Durch Wüsten muss er, über Gletscherzacken,
Zoll zahlen an Sibirier und Kosaken, -
Die stempeln ihn, dass *ja* man sicher fahre,

Es sei die echte, approbierte Ware.
Nun, geht die Liebe nicht denselben Weg?
Durchs wüste Land des Lebens? Und *das* Klagen,
Das Schrein, nimmt sich mal wer das Privileg,
Sie übers Meer der Freiheit kühn zu tragen!
"Oh Gott, ihr fehlt die Würze der Moral!"
"Was soll sie uns, sie duftet nicht legal!"

STROHMANN *(steht auf.)*
Ja, Gott sei Dank, in einem frommen Lande
Ist solche Ware doch noch Konterbande.

FALK.
Ja, die hierher passieren will, die muss
Durch ein Sibirien erst von Förmlichkeiten,
Wo keine Sturzseen ihr Gefahr bereiten; -
Die muss Geleitsbrief, Petschaft und Verschluss
Von Pastoren, Kantoren, Küstern, Altarknaben,
Verwandten, Freunden, Tod und Teufel haben,
Und Zoll erhebt Jedweder und Jedwede, -
Vom Pass, den Gott ihr gab, ist keine Rede.
Und dann der letzte, schlagendste Vergleich: -
Wo immer jenes ferne "Himmelreich"
Den kulturellen Fortschritt kennen lernte,
Sehn wir die Mauern fall'n, die Macht gesprengt,
Den letzten echten Mandarin gehängt,
Profane Hände sorgen schon der Ernte.
Bald ist das Himmelreich ein Märchen bloß,
Ein frommer Spuk, verlachter Köhlerglaube;
Die ganze Welt ward wüst und sonnenlos -
Das Wunderland zertraten wir zu Staube.
Doch taten wir's - wo blieb sodann die Liebe?
Ja, *wo?* Ich bitt' Euch, schlagt den Staub durch Siebe!
(Hebt die Tasse empor.)
Na, was die Zeit nicht tragen kann, vergeh! - -

Dem seligen Amor diese Tasse Tee!
(Trinkt aus; heftige Entrüstung und Bewegung in der Gesellschaft.)

FRL. ELSTER.
Der Toast war außerordentlich poetisch!

DIE DAMEN.
Wie? Meint Herr Falk, die Liebe wäre tot - ?

STROHMANN.
Hier sitzt sie doch gesund und rund und rot
In allerhand Gestalten um den Teetisch.
Die Witwe hier in ihrem schwarzen Kleid -

FRL. ELSTER.
Zwei ehrenwerte Gatten -

STÜBER.   Deren Eid
Der Treue noch kein Jahr der Lüge zieh.

GOLDSTADT.
Danach die leichte Liebeskavallerie -
Die unterschiedlichen verlobten Paare.

STROHMANN.
Die Veteranen, die dem Zahn der Jahre
Getrotzt, zunächst -

FRL. ELSTER *(einfallend.)*
            Zunächst die Volontäre -
Das Paar von allerjüngster Kompetenz -

STROHMANN.
Kurz, hier ist Sommer, Winter, Herbst und Lenz;

Mich dünkt, als ob Natur hier deutlich wäre,
Ja, selten drastischer als hier verführe -

FALK.
Nun ja?

FRL. ELSTER.
   Und dennoch weisen Sie die Türe!

FALK.
Sie haben mich, mein Fräulein, missverstanden
Dies alles abzuleugnen wäre dreist!
Doch Ihnen kam vielleicht das Wort abhanden,
Dass Rauch nicht immer just auf Feuer weist.
Ich weiß recht wohl, man freit und lässt sich freien,
Stiftet Familien, und was sonst beliebt;
Auch werden wir uns nie darob entzweien,
Dass es auf Erden Körb' und Ringe gibt
Und billets doux mit eingestanzten Ranken
Und Täubchen auf dem Umschlag, die sich - zanken;
Dass alle Gassen von Verlobten wimmeln,
Dass Gratulanten Portweinphrasen himmeln;
Dass Schick und Brauch ein eigen Gängelband
Von Vorschriften für "Liebende" erfand; - -
Mein Gott, wir haben ja auch Offiziere,
Ein Pulvermagazin, ein Arsenal,
Da liegen Sporen, Trommeln und Rapiere, -
Doch was beweist wohl all dies Material?
Dass wir Soldaten haben, das beweist es, -
Doch *Helden?* Nein. Des wahren Heldengeistes
Prämisse sind nicht tote Ziffern, - stellte
Man auch ein ganzes Lager Zelt' an Zelte.

STROHMANN.
Na, Billigkeit in allem, - mir erscheint,

Man gibt der Wahrheit doch nicht ganz die Ehre,
Wenn die Verliebtheit junger Leute meint
Und tut, - als ob sie just die einzige wäre.
Auf *sie* ist nicht zu jeder Zeit zu baun;
Nein, erst im häuslich-ehlichen Vertraun -
Da steht sie wie auf Urgestein gegründet,
Zu dessen Sturz man sich umsonst verbündet.

FRL. ELSTER.
Der Ansicht kann ich mich nicht anbequemen.
Mich dünkt, dass sich in einem Einvernehmen,
Das täglich lösbar ist, doch nie erkaltet,
Ihr Wesen am beredtesten entfaltet.

ANNA *(mit Wärme.)*
Ach nein, - in einem jungen Bündnis liegt
Ein Schatz, der doch noch tiefer, schwerer wiegt.

LIND *(nachdenklich.)*
Das duftet doch wohl etwas nach Idee,
Wie jene Anemon' nur unterm Schnee.

FALK *(mit plötzlicher Leidenschaftlichkeit.)*
Gefallner Adam! Dem sein Paradies
Nichts weiter als ein sichrer Pferchzaun hieß!

LIND.
Ach was!

FRAU HALM *(gekränkt, zu Falk, während sie aufsteht.)*
　　　　Das heißt, sich freundschaftlich gebärden,
Dass, wo wir Frieden stifteten, nun Sie
Mit Spott und Hohn des Freundes Glück gefährden -

EINIGE DAMEN.
Nein, das steht fest!

ANDRE. Das rauben Sie ihm nie!

FRAU HALM.
Wohl kann sie noch nicht kochen und tranchieren,
Doch das zu lernen, ist im Herbst noch Zeit.

FRL. ELSTER.
Zur Hochzeit wird sie selbst ihr Kleid bordieren.

EINE TANTE *(streichelt Anna das Haar.)*
Und wird ein Muster von Vernünftigkeit.

FALK *(lacht laut.)*
Oh du Vernunftpest, so viel Wahnwitz stiftend,
Mit Judaslippen küssend und vergiftend!
Wie, war's Vernünftigkeit, was Lind begehrte?
Wie, wollt' er eine Bratenspieß-Gelehrte?
Ein flotter Bursch, erkor er sich voll Glück
Den schönsten Trieb der wilden Rosenranke.
Da nehmt Ihr sie in Zucht; - er kehrt zurück; -
Was sieht er? Eine Hagebutte!

FRL. ELSTER *(beleidigt.)* Danke!

FALK.
Zum Hausgebrauch gewiss ein nützlich Ding!
Doch war es das, wonach sein Lenztraum ging?

FRAU HALM.
Ja, wenn er eine Ballprinzess begehrte,
So war Herr Lind bei uns auf falscher Fährte.

FALK.
Ja, ja, - das ist auch einer jener Züge,
Dies Kokettieren mit der Häuslichkeit.
Das ist auch so ein Schoß der großen Lüge,
Der hopfenwütig himmelan gedeiht.
Ich zieh' voll Ehrfurcht überall und immer
Vor "Ballprinzessinnen" den Hut, Madam',
Und wenn je Schönheit zur Erscheinung kam,
So war's im Ballsaal, kaum im Kinderzimmer.

FRAU HALM *(mit unterdrückter Gereiztheit.)*
Herr Falk, Sie brauchen alle diese Mittel,
Weil Ihnen ein Kumpan verloren geht;
Das ist der Punkt, um den sich alles dreht - -
Ich kenn' es aus Erfahrung, dies Kapitel.

FALK.
Sie haben ja auch sieb'n vermählte Nichten -

FRAU HALM.
Glücklich vermählte!

FALK *(mit Nachdruck.)*   Wenn dem nur so ist!

GOLDSTADT.
Nanu!

FRL. ELSTER.
      Herr Falk!

LIND.   Mir scheint, dein ganzes Dichten
Geht nur auf Zank!

FALK.   Ja, Krieg und Kampf und Zwist!

STÜBER.
Du Laie denkst uns ernstlich zu bekriegen?

FALK.
Lass gut sein, Freund, - mein Banner soll *doch* fliegen!
Mein guter Stahl soll dieser gleisnerischen
Gesellschaftslüge durch die Rippen zischen,
Soll diesen Euch so teuren Giftbaum fällen,
Und mäß' er, wie die Wahrheit, hundert Ellen!

STÜBER.
Ich protestiere gegen alles dies,
Und vorbehalte mir Regress - -

FRL. ELSTER.   Schweig stille!

FALK.
Das nennt Ihr *Liebe,* was die graue Brille
Der Witwe vom verlornen Paradies
Noch sieht, von jener Sonne, die die Worte
"Entbehrung", "Klage" aus der Sprache dorrte!
Das also wär' der *Liebe* stolzer Strom,
Der durch des Ehepaares Adern trottet, -
Das wäre sie, die ihren eignen Dom
Sich wölbt und, selbst sich Richtschnur und Axiom,
Der Weisen dieser Welt verächtlich spottet!
Das also wär' der *Liebe* Purpurflamme,
Die sieben Jahre lammsgeduldig harrt!
Das wär' noch immer sie, aus deren Stamme
Selbst dem Aktuar einst Dichterfeuer ward!
Das also wär' der Jugendrausch der *Liebe,*
Der nicht einmal ein Stückchen Seefahrt wagt,
Der Opfer *fordert* und dem schönsten Triebe -
Sich selbst zu opfern - jämmerlich entsagt!
Nein, Ihr Vertreiber schminkerischer Pasta,

Habt einmal doch zu nackten Worten Herz;
Der Witwe Liebe nennt *Entbehrungs*schmerz,
Und die des Ehestands *Gewohnheit,* basta!

STROHMANN.
Nein, junger Mann, die Frechheit ist zu groß!
Ein jedes Wort trägt Spott und Hohn im Schoß!
(Tritt Falk dicht unter die Augen.)
Jetzt wag' ich noch mein altes Fell zur Ehre
Vererbten Glaubens wider neue Lehre.

FALK.
Mein Hippogryphe blähet schon die Nüster!

STROHMANN.
Gut! Sprengen Sie nur an!
(Noch näher.)
　　　　　　　Ein Ehepaar
Ist heilig wie der Priester vorm Altar -

STÜBER *(auf Falks anderer Seite.)*
Und ein verlobtes -

FALK.　　　　　Halb so, wie der Küster.

STROHMANN.
Sie sehen diese Kinder mich umringen,
Die im Voraus für mich Viktoria singen!
Wie wär' es möglich - wie das Rätsel löslich - -
Nein, nein, der Wahrheit Wort ist unumstößlich, -
Der wäre taub, der hier verhärtet bliebe.
Denn sehn Sie - all das sind - Kinder der Liebe - - !
(Hält verwirrt inne.)
Das heißt - natürlich nicht, was man so nennt - !

FRL. ELSTER *(zu Frau Strohmann, sich mit dem Taschentuch fächelnd.)*
Der Sinn der Rede Ihres Herrn Gemahles - ?

FALK.
Da liefern Sie ja selbst ein Argument,
Und zwar ein gutes, echtes, nationales.
Sie unterscheiden zwischen Ehehecklingen
Und Liebespfändern - und das ziemt sich so!
Der Abstand ist wie zwischen gar und roh,
Wie zwischen Feldblumen und Zimmerstecklingen.
Die Liebe wird bei uns demnächst ein Studium,
Und Leidenschaft ein abgespielt Präludium.
Die Liebe ist bei uns ein eignes Fach,
Mit Zunft, Statuten, Fahnen, Almanach;
Und eine Braut- und Ehetumsmiliz
Versieht den Dienst, und das mit vielem Witz;
Das filzt sich tanggleich ineinander ein.
Was fehlt, ist nur noch ein Gesangverein -

GOLDSTADT.
Und eine Zeitung!

FALK.   Schön! Die soll Euch werden!
Vortreffliche Idee! Man hat ja Blätter
Für Kinder, Damen, Gläubige und Schützen.
Des Preises wegen macht Euch nicht Beschwerden,
Da steh' denn Tag um Tag in großer Letter,
Wie Hinz und Kunz die Gilde unterstützen;
Da werde jedes Briefchen einverleibt,
Das Hans an seine teure Grete schreibt;
Da unter aller Arten Übelständen, -
Als Mord und Pest und Krinolinenbränden, -
Das Aufgebot des Wochenlaufs gebracht;
Da im Annoncenteil bekannt gemacht,

Wo alte Ringe billigst einzukaufen;
Da Zwill- und Drilling im Sonett gefeiert; -
Und ist wo Trauung, wird der ganze Haufen,
Das Schauspiel anzusehn, herbeigeleiert; -
Und fliegt ein Korb, so wird das Referat
Nach allen Seiten regelrecht bebrütet, -
Der Anfang etwa so: "Schon wieder hat
Der Liebesteufel hier am Ort gewütet!"
Und geht das erste Vierteljahr zur Rüste,
So schlacht' ich Eurem Sensationsgelüste,
Als wie nur einer aus Reporterholz,
'nen alten vielbeschrie'nen Hagestolz.
Getrost, ich sichre dem Organ Verbreitung,
Ein Fuchs, - ein *Redakteur* in seiner Leitung -

GOLDSTADT.
Und wie soll's heißen?

FALK.   "Amors Schützenzeitung"!

STÜBER *(nähert sich.)*
Da spaßest du doch wohl! Du schlägst doch nicht
Dem eignen Ruf so töricht ins Gesicht!

FALK.
Ich spaße niemals. Man behauptet zwar,
Es könne niemand von der Liebe leben;
Ich aber sage Euch, das ist nicht wahr,
Und werde selbst das beste Beispiel geben, -
Zumal wenn Fräulein Elster, wie ich schließe,
Herrn Pastor Strohmanns fesselnden "Roman"
Mir tropfenweis zum Ausschank überließe -

STROHMANN *(erschrocken.)*
Gott steh' mir bei! Was ist das für ein Plan?
Wann, frag' ich, war mein Leben je romantisch?

FRL. ELSTER.
Das hab' ich nie gesagt!

STÜBER.   Herr Pastor, bitte -

STROHMANN.
Ich hätte je mich wider Brauch und Sitte
Vergangen! Wer das sagt, der lügt gigantisch!

FALK.
Nun gut.
(Schlägt Stüber auf die Schulter.)
          Wird jene Hoffnung auch zunichte,
Mir bleiben meines Aktuars Gedichte.

STÜBER *(nach einem entsetzten Blick auf den Pastor.)*
Da bitt' ich mir doch minder Flunkerei aus! - -
Ich hätte Verse -

FRL. ELSTER.   Oh, ich sah's voraus - !

FALK.
Es ging doch das Gerücht von der Kanzlei aus.

STÜBER *(in heller Wut.)*
Von unserer Kanzlei geht nie was aus.

FALK.
Verlass mich nur auch *du*, - ich rühme mich
Noch eines Freunds, - der lässt mich nicht im Stich.
"Ein Hohelied der Liebe" schreibt mir Lind,

Der Liebe, die zu zart für Meer und Wind,
Der Liebe, die selbst Emigranten preisgibt
Und so von sich den leuchtendsten Beweis gibt!

FRAU HALM.
Nun ist's genug, Herr Falk! Mir widerstreitet,
Sie länger noch in meinem Haus zu sehn, -
Ich hoffe, dass Sie heut noch von uns gehn -

FALK *(mit einer Verbeugung, während Frau Halm und die Gesellschaft ins Haus hinein geht.)*
Ich war auf diese Wendung vorbereitet.

STROHMANN.
Und unsern Krieg beschließt sobald kein Amen,
Sie haben Berta, mir, ja meinem Samen
Von Fanny bis zu Nanni wehgetan; - -
Ja, krähn Sie nur - Sie - Sie - Ideenhahn -
(Mit Frau und Kindern ab ins Haus.)

FALK.
Und wandern Sie nur des Apostels Bahn,
Mit Ihrer Liebe, die sich selber schmähte,
Eh' noch der Hahn zum dritten Male krähte!

FRL. ELSTER, *(der unwohl wird.)*
Komm, Stüber, hilf! Und häkle mir die Nähte
Der Schnürbrust auf - komm, hier - ich bitte dich - !

STÜBER *(zu Falk, während er mit Frl. Elster am Arm abgeht.)*
Ich sage dir die Freundschaft auf!

LIND. Auch ich.

FALK *(ernst.)*
Du auch?

LIND. Lebwohl!

FALK. Dir hatt' ich noch vertraut.

LIND.
Das hilft nichts, - sie verlangt es, meine Braut.

(Ab ins Haus.)

Schwanhild *ist an der Treppe der Veranda stehen geblieben.)*

FALK.
So recht - jetzt hab' ich Luft nach allen Seiten, -
Jetzt hab' ich aufgeräumt!

SCHWANHILD. Falk, auf ein Wort!

FALK *(weist höflich nach dem Haus hin.)*
Sie irren, - die Gesellschaft ging nach *dort;*
Sie werden sie doch sicherlich begleiten.

SCHWANHILD *(nähert sich.)*
Ach, mag sie gehn! Ich kann sie leicht entbehren -
Durch mich soll sich die Herde nicht vermehren.

FALK.
Sie bleiben?

SCHWANHILD. Ja. Wo Sie mit Lügen rechten,
Da lassen Sie uns Seit' an Seite fechten.

FALK.
Sie, Schwanhild, -

SCHWANHILD.   Gestern wich ich scheu zurück -
Doch waren *Sie* denn gestern der von heute?
Sie boten mir der Weide Los als Glück -

FALK.
Und wurde selbst der Weidenflöte Beute!
Sie haben recht, das Gestern war ein Spiel.
Allein dem Heute schnitten *Sie* den Stempel!
Im Weltgedränge steh' der große Tempel,
Darin der Wahrheit stolzes Domizil.
Es gilt nicht mehr wie in Walkürentagen,
Dem Kampf aus sichrer Höhe zuzuschaun -
Nein, seine Schönheit an das wüste Graun -
Wie St. Georg sich an den Lindwurm - wagen,
Mit Adlerblick die Schlacht zu überfliegen
Und, sollt' er auch dem Wirrwarr selbst erliegen,
Noch hoffen: hinterm Nebel wird es helle -:
Das sei die Fordrung, die ein Mann sich stelle!

SCHWANHILD.
Sie werden sie erfüllen, wenn Sie frei
Und einsam stehn.

FALK.   Wie? Stünd' ich dann im Volke?
Das aber muss ich. Nein, der ist vorbei,
Der Isolierpakt zwischen Mensch und Wolke,
Der grauen Stubendichtung sei entstrebt,
Im Freien draußen sei mein Lied *gelebt,*
Die Gegenwart, sie zittre meinen Streichen -
Ich oder die Lüge - eins von uns soll weichen!

SCHWANHILD.
So ziehn Sie denn gesegnet in den Streit!
Ihr Herz hat eines Bessern mich beschieden, -
Vergeben Sie, - und scheiden wir in Frieden.

FALK.
Wir haben Platz in meinem Boot zu zweit!
Nicht scheiden, Schwanhild, nein! Sind Sie bereit,
So kämpfen wir zusammen, Seit' an Seit'!

SCHWANHILD.
Zusammen?

FALK.   Einsam steh' ich unter allen,
Hab' keinen Freund, hab' Krieg mit jedermann;
Gefällten Speeres tritt der Hass mich an; -
Sie müssten mit mir stehn und mit mir fallen!
Mein Wandern führt mich wider Schick und Brauch,
Mein Platz ist mitten in der Feinde Zwinger; -
Da deck' ich meinen Tisch, wie andre auch,
Und steck' den Ring an meiner Liebsten Finger.
(Zieht einen Ring von seiner Hand und hält ihn empor.)

SCHWANHILD *(in atemloser Spannung.)*
Das wollten Sie?

FALK.   Ja, - und wir werden zeigen:
Die Liebe *hat* noch eine ewige Macht,
Um sonnengleich, in unversehrter Pracht,
Des Alltags Horizont zu übersteigen.
Ich wies auf der Gedanken Flammenspiel,
Das rot vom Gipfel in die Täler langte; -
Das schreckte Sie, - das Weib in Ihnen bangte;
Jetzt weis' ich auf des Weibes wahres Ziel!

Ein Herz wie Schwanhilds hält, was es verspricht;
Jetzt gilt's den Sprung, - versagen Sie mir nicht!

SCHWANHILD *(fast unhörbar.)*
Und fallen wir - !

FALK.   Nein, süße Wagerin,
Aus deinen Augen brechen Siegessonnen!

SCHWANHILD.
So nimm mich hin, Geliebter, wie ich bin!
Nun sprießt das Laub, - mein Frühling hat begonnen!

Sie wirft sich kühn entschlossen in seine Arme. Der Vorhang fällt.

Dritter Akt

Abend und klarer Mondschein. Rings an den Bäumen brennen farbige Lampions. Im Hintergrund gedeckte Tische mit Weinflaschen, Gläsern, Kuchen usw. Aus dem Hause, dessen Fenster sämtlich erleuchtet sind, hört man während der folgenden Auftritte gedämpftes Klavierspiel und Gesang.

Schwanhild steht an der Veranda. Falk kommt von rechts mit einigen Büchern und einer Schreibmappe unter dem Arm. Der Hausdiener folgt ihm mit einem Koffer und einer Reisetasche.

FALK.
Das ist wohl alles?

DER HAUSDIENER.   Ja, das wär's wohl so.
Es fehlt nur noch Ihr Sommerpaletot
Und eine kleine Tasche.

FALK.   Schön; das trag'
Ich selbst. Nun, Friedrich, hör, was ich dir sag': -
Sieh diese Mappe hier!

DER HAUSDIENER.   Das Schloss ist zu? -

FALK.
Das Schloss ist zu, - ja.

DER HAUSDIENER.   Gut.

FALK.   Ich will, dass du
Sie gleich verbrennst -

DER HAUSDIENER.   Verbrennen?

FALK *(lächelnd.)* Ja; - nur frei
Von all den Wechseln auf die Dichterei!
Die Bücher aber - will ich gern dir schenken.

DER HAUSDIENER.
Nein, aber, - mich so reichlich zu bedenken!
Doch wenn Herr Falk all das nicht mehr verwendet,
So hat er seine Lehrzeit wohl beendet?

FALK.
Was man aus Büchern lernen kann - und mehr
Hab' ich gelernt.

DER HAUSDIENER.
            Und mehr? Das wäre schwer.

FALK.
Nur zu! Die Träger stehn schon vor den Türen, -
Und hilf den Leuten das Gepäck verschnüren.

Der Hausdiener links ab.

FALK *(nähert sich Schwanhild, die ihm entgegenkommt.)*
Noch eine Stunde, Schwanhild, hier im Grün,
In Gottes Licht und seiner ewigen Sterne!
Sieh, wie sie durch das dunkle Laubdach glühn,
Wie Frucht vom Zweig, des Weltbaums goldne Kerne.
Das letzte Knechtschaftsjoch, nun warf ich's ab,
Kein Büttel peitscht mir mehr die Stirn in Flamme;
Wie Jakobs Stamm steh' ich mit Wanderstab
Und Reisekleidern vor dem Passahlamme.
Du stumpf Geschlecht, das hinterm Wüstensand
Kein Kanaan kennt, kein gelobtes Land,
Du Zeitsklav', bau' nur emsig und zufrieden
Den Mumien weiter ihre Pyramiden, -

Ich zieh' durch Eintagssand der Freiheit zu,
Vor mir weicht ebbend selbst das Meer zurücke;
Euch aber schlingt, trotz aller Macht und Tücke,
Das selbe Meer in tiefe Grabesruh'!
(Kurze Pause; er blickt sie an und ergreift ihre Hand.)
Du bist so still!

SCHWANHILD.   Aus Glückes Überschwang!
Oh, lass mich träumen, träumend dich genießen.
Sprich du für mich, - Gedanken halb und bang,
Erblühn bei deiner Rede zu Gesang,
Wie Waldseelilien sich im Mond erschließen.

FALK.
Nein, lass noch einmal mir der Wahrheit reine,
Truglose Stimme sagen, dass du mein!
Oh, sag es, Schwanhild, sag's -

SCHWANHILD *(wirft sich an seine Brust.)*
                    Ja, ich bin dein!

FALK.
Du Gottgeschenk an mich, nur mich alleine.

SCHWANHILD.
Ich war im Haus der Mutter heimatlos,
Verstand mich kaum mir selber mitzuteilen,
Schien Jubelnden ein lebender Verstoß, -
Galt *nichts* da - ja noch *weniger* zuweilen.
Sieh, da kamst du! Zum ersten Mal vernahm
Ich, wie mein Sinn von fremden Lippen kam;
Wo ich nur träumte, tatst du Wege weisen,
Du Jugendfrischer unter all den Greisen!
Halb schreckte mich dein ätzender Verstand,
Halb wusste mich dein Lichtblick anzuziehen, -

So liebt die See den laubgesäumten Strand,
Doch Klippen zwingen sie, zurückzufliehen.
Jetzt aber kenn' ich deinen wahren Sinn,
Jetzt hast du mich mit allem, was ich bin,
Du lieber Laubbaum überm Brandungsschimmer, -
Mein Herz hat nur noch Flut, doch Ebbe nimmer.

FALK.
Und Dank sei Gott, dass er mein Lieben mir
Im Bad des Leidens taufte. Was ich wollte,
Ich wusst' es selber kaum, eh' ich in dir
Den Schatz sah, den ich fast verlieren sollte
Ja, Preis ihm, der auf meine Leidenschaft
Des Schmerzes reinigendes Siegel drückte,
Der uns den Freibrief gab auf eigne Kraft,
Und uns der langen würdelosen Haft
Als auserwähltes Adelspaar entrückte!

SCHWANHILD *(zeigt auf das Haus.)*
Da drinnen lärmt das Fest in allen Zimmern,
Umschwärmt ein froher Kreis das junge Paar,
Und Lieder schallen dort und Lampen schimmern.
Wer von der Straße würd' all das gewahr -
Und glaubte, dass das wahre Glück dort *fehle?*
(Mitleidig.)
Glückskind der Welt, du, - arme Schwesterseele!

FALK.
Du nennst sie arm?

SCHWANHILD. Ja, arm, weil sie erduldet,
Dass alles in ihr Kapital sich teilt,
Dass all ihr Gold in hundert Händen weilt,
Und keiner ihr die ganze Summe schuldet.
Von keinem hat sie *alles* zu verlangen,

Und keiner will ihr *ganzes* Herz empfangen.
Oh, wie viel reicher ward mein Los bestellt;
Ich hab' nur *einen* auf der ganzen Welt.
Leer war mein Herz, da du mit Siegerfahnen
Und Liederjubel es erobern kamst,
Bis dass du, Herr auf allen seinen Bahnen,
Wie Frühlingsodem es gefangen nahmst.
Oh lass mich Gott in dieser Stunde danken, -
Dass ich so einsam war, bis ich dich fand -
Ja tot war, bis Sein Glockenschall die Schranken
Des Grabes sprengte - und ich auferstand.

FALK.
Ja wir, die freundlos hier im Dunkel stehen,
Wir sind die Reichen, - unser ist das Glück.
Wir stehen draußen, aber neidlos sehen
Wir auf das leicht entbehrte Fest zurück.
Lass Lampen leuchten, lass Gesänge klingen,
Lass die da drinnen sich im Tanze schwingen!
Blick' aufwärts, Schwanhild, - in die blaue Nacht!
Da sind auch tausend Lämpchen aufgewacht -

SCHWANHILD.
Still, horch, Geliebter, - wie der Abendwind
Im Lindenwipfel süße Märchen spinnt -

FALK.
Für uns nur funkelt's dort im hohen Saal -

SCHWANHILD.
Für uns nur raunt und rauscht das weite Tal!

FALK.
Mir ist, als wär' ich der verlorene Sohn; -
Ich ließ von Gott und tat den Menschen Frohn.

Da rief er mich zurück zum Vaterherzen -
Und, nun ich komme, zündet er die Kerzen
Zum Fest, und schenkt dem heimgekehrten Kind
Sein schönstes Kunstwerk, dich, zum Angebind'.
Von Stund an dien' ich nur mehr seinem Lichte
Und weiche nimmer aus dem ersten Glied; -
Und dein und mein beglücktes Leben dichte
Siegreicher Liebe hehres Hohelied!

SCHWANHILD.
Und sieh, *da* ist für Zweifel kein Verbleib,
Wo er ein *Mann* -

FALK.   Und *sie* ein ganzes *Weib*,
Zwei solche müssen alles überstehn!

SCHWANHILD.
Wohlauf zum Kampf denn wider Not und Sorgen.
(Zeigt Falk seinen Ring, den sie am Finger trägt.)
Und jetzt, jetzt sollen sie ihn alle sehn!

FALK.
Nein, Schwanhild, jetzt nicht! Warte noch bis morgen!
Heut, mit von Rosen überfüllten Händen,
Noch Tagwerk üben, hieße Sabbat schänden.
(Die Tür vom Gartenzimmer öffnet sich.)
Verbirg dich! 's tät mir weh, wenn hier im Haus
Heut Abend dich noch andre Blicke fänden!

Sie gehen durch die Bäume bei der Laube ab. Frau Halm *und*
Goldstadt *treten auf die Veranda.*

FRAU HALM.
Er zieht wahrhaftig aus!

GOLDSTADT. Es sieht so aus.

STÜBER *(kommt.)*
Er zieht wahrhaftig -

FRAU HALM. Nun so *zieht* er aus!
Was weiter!

STÜBER. 's ist 'ne missliche Geschichte.
Er macht kaltblütig unsern Ruf zunichte
Und setzt uns allzusammen in sein Blatt.
Da steht denn meine Braut gedruckt inmitten
Von Körben, Zwillingen, Gevatterbitten ...
Nein, wisst Ihr, setzen wir uns lieber matt
Und die Gewehre wiederum in Ruhstand!

FRAU HALM.
Doch glauben Sie, dass er -

STÜBER. Unzweifelhaft!
Indizien sind gegeben, deren kraft
Die ganze Prahlerei und Leidenschaft
Zurückzuführen auf berauschten Zustand.
Zum Beispiel ist, wenn auch nicht alles klärend,
Doch weitern Schlüssen reichlich Raum gewährend,
Was er heut Nachmittag, wie man erfuhr,
In Linds und seiner Wohnung angerichtet,
Wie er dort Lamp' und Tintenfass vernichtet,
Wie er sich -

GOLDSTADT *(sieht Falk und Schwanhild flüchtig, wie sie sich trennen; Falk geht nach dem Hintergrund, Schwanhild bleibt verborgen an der Laube stehen.)*
Halt! Da sind wir auf der Spur.

Nur auf ein Wort, Frau Halm! Herr Falk wird *bleiben*,
Und geht er doch, so nicht in bösem Sinn.

STÜBER.
Nicht wahr, Sie glauben auch -?

FRAU HALM.   Wo woll'n Sie hin?

GOLDSTADT.
Nicht weiter, als mich Herz und Klugheit treiben.
Getrost, ich stell' den Frieden wieder her.
Auf einen Augenblick nur -

FRAU HALM.   Bitte sehr!

Sie gehen zusammen in den Garten; während des Folgenden sieht man sie ab und zu im Hintergrund, in eifrigem Gespräch begriffen.

STÜBER *(steigt in den Garten hinab und entdeckt Falk, der sinnend übers Wasser hinausblickt.)*
Die Dichter sind Gewalts- und Attentatsmänner,
Doch wir Regierungsleute feine Staatsmänner;
Ich möchte mich salvieren -
(Sieht den Pastor, der aus dem Gartenzimmer kommt.)
                     Ah, sieh da!

STROHMANN *(auf der Veranda.)*
Er zieht wahrhaftig!
(Gesellt sich zu Stüber.)
                Würden Sie wohl - ja? -
Nur einen Augenblick mein Amt verwalten?
So halten Sie mein Weib -

STÜBER.   Wen soll ich halten?

STROHMANN.
Verstehn Sie, - ich, die Kleinen und Mama
Sind immer wie *ein* Leib und seine Glieder,
Und niemals -
(Die Frau und die Kinder zeigen sich in der Tür.)
　　　　Na, da sind sie ja schon wieder!

FRAU STROHMANN.
Wo bist Du, Strohmann?

STROHMANN *(leise zu Stüber.)*
　　　　　So, nun los, und wähl'n Sie
Was Fesselndes! Erfinden Sie! Erzähl'n Sie!

STÜBER *(geht zu Frau Strohmann auf die Veranda.)*
Sie lasen schon das Bittgesuch des Kreises?
Der Stil der Schrift ist etwas Vorzugsweises!
(Zieht ein Buch aus der Tasche.)
Wenn Sie vielleicht ein Pröbchen draus ergetzt -

Nötigt sie höflich ins Zimmer hinein und geht selbst mit. Falk kommt nach vorn; er und Strohmann begegnen sich. Sie messen sich eine Weile mit den Augen.

STROHMANN.
Nun?

FALK.　　Nun?

STROHMANN. Herr Falk!

FALK.　　　　　Herr Pastor!

STROHMANN.　　　　　Sind Sie jetzt
Zugänglicher, als da wir schieden?

FALK.   Nein.
Mein Weg schließt keine Kompromisse ein.

STROHMANN.
Und wenn Ihr Fuß des Nächsten Glück zertrat?

FALK.
So streue ich dafür der Wahrheit Saat.
(Lächelnd.)
Sie fürchten sich gewisslich vor den Blättern
Für Liebende?

STROHMANN.   Na, war das etwa Scherz?

FALK.
Ja, trösten Sie sich über diesen Schmerz;
Ich will mit Taten reden, nicht mit Lettern.

STROHMANN.
Und schonen *Sie* mich auch, wer wird mich schützen,
Wenn sich einmal der andere vergisst?
Der Aktuar wird seinen Vorteil nützen,
Und das ist *Ihre* Schuld, wenn dem so ist;
Sie rührten an vergangne Schwärmereien,
Und wenn sie jetzt im Reichstag drohn und schreien,
Und nur ein Wort von mir dagegen fällt,
So schwör' ich drauf, dass er den Mund nicht hält.
Zudem hat, sagt man, der Beamtenstand
Die Presse heute ganz in seiner Hand.
Ein simpler Nasenstüber kann mich fällen,
Wenn er in jener großen Zeitung steht,
Die nach der Art Simsonischer Gesellen
Brutal und ränkevoll zu Werke geht, -
Und das am Schluss des Vierteljahrs zumal -

FALK *(mit Entgegenkommen.)*
Doch Ihre Sache war ja kein Skandal!

STROHMANN *(zaghaft.)*
Gleichviel! Das Blatt hat Raum für jede Sache,
Man schleppt mich doch auf den Altar der Rache.

FALK *(launig.)*
Der *Strafe,* meinen Sie, - und das mit Fug.
Es schreitet eine Nemesis durchs Leben,
Die sicher trifft, wenn auch oft spät genug, -
Und keinem wird von ihr Pardon gegeben.
Hat einer sich an der Idee vergangen,
Die Presse sieht's mit Argusblick und packt
Den Schuldigen, und stracks ist er gehangen.

STROHMANN.
Du lieber Gott, wann schloss ich je Kontrakt
Mit der Idee, von der Sie immer reden!
Ich bin Familienvater, Ehemann, -
Ein Dutzend kleiner Kinder hängt mir an, -
Mein Tagwerk wäre sicher nicht für jeden.
Ich habe meinen Hof und meine Herden,
Ein ganzes Kirchspiel will beraten werden, -
Da wird gepflegt, geschoren und gefuttert,
Da wird gedüngt, gedroschen und gebuttert,
Der Magd, dem Küster soll man Orders geben, -
Wann hätt' *ich* Muße, der *Idee* zu leben?

FALK.
Ja, kehr'n Sie heim - was wollen Sie hier weiter! -
Und kriechen Sie in Ihre Strohbaracke!
Norwegens Jugend rüstet zur Attacke,
Der kühne Heerbann zählt schon tausend Streiter,
Und Morgenbrise füllt die stolze Flagge.

STROHMANN.
Und kehrt' ich also, junger Mann, zurück,
Mit all den Meinen, ja mit all dem Glück,
Das eines kleinen Königs Glück mich deuchte, -
Was, glauben Sie, dass mir dies Heute nahm?
Kehrt' ich so reich zurück, als wie ich kam?
(Da Falk antworten will.)
Erlauben Sie, dass ich noch tiefer leuchte.
(Tritt näher.)
Es war einmal, da war ich jung wie Sie
Und wohl nicht minder keck und unerschrocken.
Da kam des Broterwerbs Monotonie, -
Das bräunt die Hand wohl, aber bleicht die Locken.
Mein Weltkreis war ein Kirchspiel hoch im Norden,
Mein Heim ein still Gebirgspfarrhaus geworden.
Mein Heim, Herr Falk! Ob Sie das Wort verstehn?

FALK *(kurz.)*
Bedaure.

STROHMANN.
      Ja, das hab' ich gleich gemeint.
Ein Heim ist *da,* wo reichlich Raum für zehn,
Obwohl's dem Feind zu eng für Zweie scheint.
Ein Heim ist *da,* wo dein Gedankenleben
Als wie ein Haufe Kinder spielt und springt,
Und keine deiner Worte so verschweben,
Dass nicht verwandte Antwort wiederklingt;
Ein Heim ist, wo die Jahre dich zerhämmern,
Doch niemand merkt, dass deine Haare graun,
Wo dich Erinnerungen traut umdämmern,
Wie Bergesrücken hinterm Walde blaun.

FALK *(mit gezwungenem Spott.)*
Sie werden warm -

STROHMANN.   Bei dem, was Sie verlachen!
So ungleich schuf uns zwei der liebe Gott.
Mir fehlt, womit *Sie* Glück und Schule machen;
Doch wo *ich* siegte, würden Sie bankrott.
Gewiss, was ist dem Adler drum zu tun,
Ob hier, ob dort ein Wahrheitskörnlein liegt!
Sie woll'n empor - *ich* kaum aufs Dach! Jenun,
Der Vogel ward ein Aar -

FALK.   Und *der* ein Huhn.

STROHMANN.
Gut, gut, ein Huhn, - ich geb' mich gern besiegt.
Ich bin ein Huhn - nun wohl! Doch hab' ich einen
Schwarm Küchlein unterm Flügel - und Sie keinen,
Und hab' des Huhnes Herz und Heldentum,
Und wehr' mich, wenn man meine Brut gefährdet.
Ich weiß recht wohl, Sie halten mich für dumm,
Wenn sich Ihr Spruch nicht über noch gebärdet
Und mich sogar gemeiner Habgier zeiht - -
Nun, deshalb zwischen uns kein weiterer Streit!
(Ergreift Falks Arm und fährt leise, aber mit steigender Kraft fort.)
Ja, gierig ward ich, dumm und stumpf in einem,
Doch gierig nur für *sie,* die Gott mir gab,
Und dumm im Krieg mit Nüchternem und Kleinem,
Und stumpf im weltverlassnen Felsengrab.
Doch immer, wenn der Stürme Wiederkehr
Ein Boot voll Idealen kentern machte,
Erschien ein ander Boot auf hohem Meer,
Das neuen Lebenslohn zur Küste brachte.
Für jeden Stern, der mir wie nasser Zunder
Erlosch, für jeden Traum, der mir versank,
Ward mir zum Trost ein kleines Gotteswunder,
Und ich empfing des Herrn Geschenk voll Dank.

Für *die* war's, dass wir kämpften, darbten, scharrten,
Für *die* erklärt' ich selbst die heilige Schrift -
Mein Kinderkreis, das war mein Blumengarten -
Da kamen Sie mit Ihres Spottes Gift
Und zeigten literarisch und ästhetisch,
Dass eines Toren Wahn mein ganzes Glück,
Dass meines Lebens Angelpunkt ein Fetisch - -
Jetzt geben Sie mir meine Ruh' zurück,
Jetzt, fordr' ich, sühnen Sie Ihr Sakrileg -

FALK.
Wie, *ich* soll Ihnen Sicherheiten geben? -

STROHMANN.
Ein Stein des Zweifels fiel auf meinen Weg,
Und diesen Zweifel können *Sie* nur heben.
Ich fühl' mich von den Meinen abgeschnitten,
Die Fessel Ihrer Logik lässt nicht frei -

FALK.
Nun glauben Sie, ich könnt' mit Lügenbrei
Des Glücks zersprungne Schüssel wieder kitten?

STROHMANN.
Ich glaube dies: Der Glaube, den Ihr Wort
Zerstört, den kann Ihr Wort auch wieder schaffen.
Noch einmal schwingen Sie des Geistes Waffen
Und jagen jene bösen Geister fort,
So kann ich ruhig meinen Mantel raffen -

FALK *(stolz.)*
Ich stemple Messing nicht zu Gold.

STROHMANN *(blickt ihn fest an.)*   Der Ort
Vernahm hier eben eine Warnung, und

Sie kam aus eines Wahrheitswittrers Mund:
(Mit erhobenem Finger.)
Es schreitet eine Nemesis durchs Leben –
Und keinem wird von ihr Pardon gegeben!
(Er geht dem Hause zu.)

STÜBER *(kommt heraus, die Brille auf der Nase, das offne Buch in der Hand.)*
Herr Pastor, kommen Sie, die Kinder schrein
Nach Ihnen –

DIE KINDER *(in der Tür.)*
        Vater!

STÜBER.   Und die Gattin wartet!

(Strohmann ins Haus ab.)

STÜBER.
Juristisch ist die Dame nicht geartet.
(Steckt Buch und Brille in die Tasche und nähert sich.)
Falk!

FALK. Ja!

STÜBER.   Du siehst wohl deinen Missgriff ein.

FALK.
Warum denn?

STÜBER.   Oh, das wäre wohl erklärlich.
Du musst es doch verstehn, wie wenig ehrlich
Es ist, wenn, was vertraulich mitgeteilt wird,
Den Leuten auszutragen sich beeilt wird.

FALK.
Ja, ja, ich hörte, *das* ist oft gefährlich.

STÜBER.
Ja, Mord und Tod!

FALK.   Doch nur für große Herrn.

STÜBER *(eifrig.)*
Nein, nein, das gilt für Hoch und Subaltern.
Wie, meinst du, schädigte das meine Chance,
Erführ' mein Vorgesetzter, was geschah: -
Dass ein Bureau von solcher Contenance
Mein Flügelross in seinen Wänden sah.
Du weißt, man zieht in jeglichem Ressort
Den Mann der Prosa dem der Dichtung vor.
Allein am schlimmsten wär's, erführ' der Chef,
Dass ich das Amtsgeheimnis brach, betreff
Verrats von Fakten von Gewichtigkeit -

FALK.
So straft sich solche Unvorsichtigkeit?

STÜBER *(geheimnisvoll.)*
So, dass gar leicht ein homo publicus
Im Umdrehn seinen Abschied nehmen muss.
Ein Staatsbeamter hat in allen Lagen -
Sogar zu Haus - ein Schloss vorm Mund zu tragen.

FALK.
Wie kann sich nur ein Herrscher unterwinden
Und dem - Aktuar, der drischt, den Mund verbinden!

STÜBER *(zuckt die Achseln.)*
Dem, was legal ist, kannst du nicht entgehn.

Und sondermaßen, wenn, wie augenblicklich,
Gehaltsreformen vor der Türe stehn,
Da wär' es weder nützlich noch erquicklich,
Auf solche Amtsprobleme einzugehn.
Sieh, darum bitt' ich, tu mir nicht den Tort -
Und schweig; denn ich verlier' sonst -

FALK.   Das Portefeuille?

STÜBER.
"Kopierbuch" ist das offizielle Wort.
Das Protokoll ist eigentlich das œil
de bœuf am Busentüchlein des Bureaus;
Wer dort sondierte, wär' prinzipienlos.

FALK.
Doch mich zu deinem Sprecher zu bestallen -
Mich selbst zu bitten: Sag dem Pastor -

STÜBER.   Ja,
Ich wusste nicht, wie tief der Mann gefallen,
Der doch nun längst schon bessre Tage sah,
Im Amt ist, Frau und Kinder hat und Geld,
Das ihn im Kampf ums Dasein sicher stellt.
Konnt' *er* so philiströs zu werden wagen,
Was soll man dann von uns *Aktuaren* sagen,
Von *mir*, als der noch unbefördert ist,
Der eine Braut hat, sich demnächst vermählen wird,
Wozu man denn auch bald Familie zählen wird,
Et cetera!
(In Heftigkeit geratend.)
         Oh, wär' ich Kapitalist,
Ich wollt' mir einen Harnisch überhängen,
Und auf den Tisch haun, dass die Fenster sprängen!
Und hätt' ich deine Unabhängigkeit,

Ich führte, glaub' mir, durch den Prosaschnee
Den unentwegten Schneepflug der Idee!

FALK.
So rette dich doch, Mann!

STÜBER.　　　　　　　Wie?

FALK.　　　　　　　　Noch ist Zeit!
Der Menschen Eulenurteil acht' geringe!
Freiheit macht selbst aus Raupen Schmetterlinge!

STÜBER *(tritt zurück.)*
Du meinst doch nicht, ich sollte brechen -?

FALK.　　　　　　　　Doch!
Die Perl' ist weg, was soll die Schale noch?

STÜBER.
Der Vorschlag passt für einen Luftikus,
Doch nicht für einen Mann, gereift im Jus!
Ich rechne nicht, was Christian der Vierte
Seinzeitlich sub "Verlöbnis" dekretierte, -
Denn im Gesetz von anno zweiundvierzig
Ist derlei nicht berührt, - gewiss, man irrt sich,
Wenn man den Fall für strafbar ansieht; er
Ist just kein Bruch des Rechts, das heutzutage -

FALK.
Da siehst du's also!

STÜBER *(fest.)*　　　Wenn auch, - nimmermehr!
Ein solcher Ausnahmsfall kommt nicht in Frage.
Wir trugen schwere Zeiten treu und fügsam,
Sie fordert sich nicht viel, *ich* bin genügsam,

Und hab' es längst gespürt, Bureau und Haus,
Die machen meine wahre Heimat aus.
Mag der und jener mit den Schwänen fliegen, -
Im kleinen Leben kann auch Schönheit liegen.
Was sagt doch irgendwo Geheimrat Goethe
Von der Milchstraße, die den Himmel ziert,
Dass sie uns leider keine Sahne böte
Und Butter nun erst recht nicht -

FALK.   Konzediert!
Doch soll ich nicht dein Buttermachen tadeln,
So muss der rechte Geist das Ganze weihn.
Ein Mann soll Bürger seiner Tage sein,
Doch auch zugleich ihr Bürgerleben adeln.
Wohl nichts entbehrt der Schönheit ganzer Gunst;
Doch *sehen und verstehn,* das ist die Kunst.
Nicht jedermann, der von Beruf ein Töpfer,
Ist deshalb schon ein Künstler, schon ein Schöpfer.

STÜBER.
So lass uns friedlich unsrer Straße gehn;
Wir wollen dir ja nicht im Wege stehn.
Du magst, so hoch du willst, gen Himmel schweben.
Traun! *Ein*mal wollt' auch sie und ich dahin;
Doch Arbeit will der Tag, nicht leichten Sinn;
Dem stirbt man ab, so nach und nach im Leben.
Das Jugendleben, schau, ist ein Prozess -
Und zwar ein törichter im großen Ganzen.
Vergleich dich, Freund, und denk nicht an Regress.
Denn du verlierst in sämtlichen Instanzen.

FALK *(frisch und zuversichtlich, mit einem Blick nach der Laube hinüber.)*
Nein, würden mich auch alle Richter richten, -
Begnadigung würd' ihren Spruch vernichten!

Es *können* zwei ihr Sein in hohem Streben
Und reinem Glauben auch zu Ende leben.
Doch *du* vertrittst der Jetztzeit ekle Lehre,
Das Ideal sei erst das Sekundäre!

STÜBER.
"Primäre" sag, - denn sprang die Frucht daraus,
Ist sein Beruf, wie der der Blüte, aus.
(Am Klavier drinnen spielt und singt Fräulein Elster: "Ach du lieber Augustin." Stüber bricht ab und horcht in stiller Bewegung.)
Sie lockt mich mit den nämlichen Akkorden,
Bei denen wir uns einst bekannt geworden.
(Legt seine Hand auf Falks Arm und sieht ihm in die Augen.)
So oft sie sich mit *diesem* Lied beschäftigt,
Da weht ihr erstes Ja, wie neu bekräftigt,
Aus ihrem sehnsuchtsvollen Spiel mich an.
Und wird einst unsre Lieb' zu Grabe gehen,
Um dann als Freundschaft wieder aufzustehen,
Verknüpfe dieses Lied das Einst dem Dann.
Und wird mein Schreiberkreuz auch krumm und krummer
Und mein Beruf nur Krieg mit Not und Kummer,
So kehr' ich doch getrost nach Haus, wo mich
In Tönen wieder grüßt, was längst entwich.
Ist *dort* dann nur ein Stündlein unser eigen, -
So will ich gern zu all dem andern schweigen.

(Ab ins Haus.)

Falk *wendet sich der Laube zu.* **Schwanhild** *kommt hervor; sie ist bleich und erregt. Sie sehen sich einen Augenblick schweigend an und umarmen einander heftig.*

FALK.
Oh Schwanhild, halten wir uns überm Schlamm,

Du Rosenstock auf wüstem Totenacker!
So "leben" sie nun, die geplackten Placker!
Nach Leichen riecht die Braut, der Bräutigam.
Nach Leichen riecht's, wo zwei im Sonnenschein
An dir vorbeigehn, Lächeln auf den Lippen,
Der Lüge schwüles Kalkgrab im Gebein,
Verwesung hinter den gebrochnen Rippen.
Das heißen sie dann *leben!* Himmel und Erde!
Dazu der Aufwand tragischer Gebärde?
Dazu so vieler Kinderherden Zucht?
Dazu die Mast mit Pflicht- und Rechtesfrucht?
Dazu der Hoffnung kurze Sommerweide, -
Dass nur die Schlachtbank nimmer Mangel leide?

SCHWANHILD.
Falk, lass uns fort!

FALK.   Fort, Schwanhild? Und wohin?
Ist nicht die Welt sich gleich an jedem Orte,
Und ist nicht Lüge doch der letzte Sinn
All der mit Wahrheit aufgeputzten Worte?
Nein, nein, genießen wir die Maskerade,
Die tragikomische Hanswurstiade:
Lügner, die ihre eignen Gläubigen sind!
Sieh Strohmann und sein Weib, sieh Stüber, Lind -
Der Liebe feierliche Wachtparade;
Betrug im Herzen, Glaubenswort im Munde, -
Und doch welch ehrenwertes Volk im Grunde!
Sie lügen vor sich selbst und jedem dritten;
Ihr Recht dazu scheint ihnen unbestritten -
Ein jeder preist, zerbrach auch längst sein Steuer,
Sich einen Krösus, einen Gott des Glücks;
Sich *selber* fuhr er blindlings übern Styx, -
Pardauz - da saß er schon im Höllenfeuer;
Doch sagst du's ihm, er lässt dich ruhig reden

Und dünkt sich nach wie vor ein Gast in Eden
Und lächelt unter Ach und Weh dich an;
Und kommt mit Horn und Bocksfuß Urian
Und überschüttet ihn mit Schimpf und Spott,
So stößt er eifrig seinen Nebenmann:
"Du, zieh den Hut! Da geht der liebe Gott!"

SCHWANHILD *(nach einem kurzen nachdenklichen Schweigen.)*
Wie ließ mich wundersam ein liebes Licht
Den Weg zu unserm Frühlingsglück erkennen.
Ein Leben, mir bis heute nur Gedicht,
Soll ich von morgen an mein Tagwerk nennen.
Oh guter Gott! Ich ging gleich einer Blinden, -
Da schufst du Licht - und ließest *ihn* mich finden!
(Betrachtet Falk mit stiller, zärtlicher Bewunderung.)
Wie stark du bist! So ragt ein Baum voll Trutz
Dem alles fällenden Orkan entgegen, -
Noch mehr! Er nimmt noch *mich* in seinen Schutz -!

FALK.
Der Geist der Wahrheit, Schwanhild, macht verwegen!

SCHWANHILD *(blickt mit einem Anflug von Scheu nach dem Haus.)*
Als arge Frager kamen sie zu zwein,
Und hinter jedem stand die halbe Welt.
Der fragte: Wie kann Liebe wohl gedeihn,
Wenn Geld und Gut das Herz gefangen hält?
Der andre: Wie kann Liebe wohl bestehn,
Wenn ihre Augen nichts als Armut sehn?
Entsetzlich - das als Wahrheit auszugeben,
Und dann ein solches Sein noch fortzuleben!

FALK.
Und wenn das uns nun gälte?

SCHWANHILD.   Uns? Was dann?
Was ficht uns all solch Äußerliches an?
Du weißt, willst du den Weg der Wahrheit wallen,
So will ich mit dir stehn und mit dir fallen.
Die leicht'ste Schrifterfüllung, die es gibt,
Ist, alle zu verlassen und von allen
Nur dem zu Gott zu folgen, den man liebt.

FALK.
So mag uns, was da will, den Weg vergällen!
Wir stehn dem Sturm, - und niemand kann uns fällen.

Frau Halm und Goldstadt treten rechts im Hintergrund auf.
Falk und Schwanhild bleiben an der Laube stehen.

GOLDSTADT *(mit leiser Stimme.)*
Sehn Sie!

FRAU HALM *(überrascht.)*
        Zusammen!

GOLDSTADT.   Zweifeln Sie noch, Frau?

FRAU HALM.
Das wär' doch -!

GOLDSTADT.   Oh, ich merkt' es bald genug,
Womit sich unser Freund im Stillen trug.

FRAU HALM *(vor sich hin.)*
Mich wundert nur, - wie konnte *sie* so schlau -

(Lebhaft zu Goldstadt.)
Nein, nein -

GOLDSTADT.   Ich werde Ihren Zweifel heben.

FRAU HALM.
Sie wollten selbst - ?

GOLDSTADT.   Jawohl und das nachdrücklich.

FRAU HALM *(reicht ihm die Hand.)*
Mit Gott!

GOLDSTADT *(ernst.)*
        Ja, *er* muss seinen Segen geben.
(Kommt in den Garten herab.)

FRAU HALM *(sich umsehend, während sie geht.)*
Wie das auch enden mag, mein Kind wird glücklich.
(Ins Haus ab.)

GOLDSTADT *(nähert sich Falk.)*
Die Zeit ist wohl gemessen?

FALK.   Ungefähr
Noch zehn Minuten.

GOLDSTADT.   Es bedarf nicht mehr.

Schwanhild *will sich entfernen.*

GOLDSTADT.
Nein, nicht!

SCHWANHILD.
          Ich soll - ?

GOLDSTADT.   Ja, bis Sie mich vernommen;
Es muss nun zwischen uns zur Klarheit kommen.
Wir drei, wir wollen uns jetzt *alles* sagen.

FALK *(überrascht.)*
Wir drei?

GOLDSTADT.
          Ja, Falk, - das Spiel sei aufgeschlagen!

FALK *(unterdrückt ein Lächeln.)*
Zu Diensten.

GOLDSTADT.   Es ist jetzt ein halbes Jahr,
Dass wir bekannt geworden sind, obzwar
Nicht grade Freund -

FALK.   Nein.

GOLDSTADT.   Einigkeit war selten,
Wir ließen manche glatte Lage spielen;
Sie standen da, vorkämpfend großen Zielen,
Ich konnte nur als simpler Gegner gelten.
Und doch umschloss uns ein gemeinsam Band;
Berührten Sie doch tausend alte Fragen
Aus meiner eignen Zeit Entwicklungstagen,
Dass mir so manches wieder auferstand.
Sie zweifeln, dass dies graugesprenkte Haar
Auch einmal frisch und braun und lockig war?
Und diese Stirn, vom Alltagsschweiß zerfressen,
Sie hätte nie der Jugend Glanz besessen?
Genug davon! Ich bin Geschäftsmann und -

FALK *(leicht spottend.)*
Ihr Sinn ist einfach, praktisch und gesund -

GOLDSTADT.
Was ihm *Ihr* hoffnungsfroher Sinn nicht neidet.
(Tritt zwischen die beiden.)
Doch deshalb, Falk und Schwanhild, steh' ich da.
Wir müssen sprechen, - denn die Stund' ist nah,
Die unser Unglück oder Glück entscheidet.

FALK *(gespannt.)*
Nun denn!

GOLDSTADT *(lächelnd.)*
         Sie wissen, dass mich eine Dichtung
Bewegt -

FALK.   Realer Art -

GOLDSTADT *(nickt langsam.)*
              Jawohl, real!

FALK.
Nun, und auf welchen Stoff fiel Ihre Wahl?

GOLDSTADT *(blickt einen Moment Schwanhild an und wendet sich wieder Falk zu.)*
Wir wählten beide in der gleichen Richtung.

SCHWANHILD *(will gehen.)*
Jetzt darf ich wohl -

GOLDSTADT.   Nein, bleiben Sie noch, bitte!
Von keiner andern bät' ich solcherlei;
Doch wären Sie nicht *Sie,* wenn Ziererei

Nicht Ihrem ganzen Wesen widerstritte!
Ich sah Sie wachsen, sah Sie hold gedeihn;
Was ich am Weibe schätzte, schien gefunden, -
Doch lang' hab' ich nur väterlich empfunden: -
Heut frag' ich, - wollen Sie mir Gattin sein?

Schwanhild *weicht scheu zurück.*

FALK *(ergreift ihn beim Arm.)*
Nicht weiter!

GOLDSTADT.   Ruhig! Sie soll Antwort geben.
Fragen auch Sie, - - so mag sie selbst ihr Los
Entscheiden.

FALK.   Ich?

GOLDSTADT *(blickt ihn fest an.)*
              Jawohl! Es gilt, drei Leben
Dem Glück zu wahren, - nicht das meine bloß.
Im Sichverstellen, Falk, sind Sie nicht groß;
Und bin ich auch ein schlichter Mann, ich habe
Doch eine Art hellseherischer Gabe.
Ja, Falk, Sie lieben Schwanhild. Ohne Neid
Verfolgt' ich Ihrer Liebe Blütezeit;
Doch scheint sie auch den Himmel zu versprechen,
Gerade *sie* kann Schwanhilds Glück zerbrechen.

FALK *(fährt auf.)*
Mit welchem Recht - !

GOLDSTADT *(ruhig.)*   Mit dem des Älteren.
Wenn Sie sie nun gewännen -

FALK *(trotzig.)*   Gut?

GOLDSTADT *(langsam und mit Nachdruck.)*
                          Nun denn,
Und sie, sie setzte nur auf diese Karte,
Sie baute *alles* nur auf diesen Grund, -
Und dann, dann bröckelte die Mauer und
Der Winter dräng' herein, die Blüt' erstarrte - ?

FALK *(vergisst sich und ruft aus.)*
Unmöglich!

GOLDSTADT *(blickt ihn bedeutungsvoll an.)*
          Hm, so dacht' ich auch einmal.
Da war ich jung und tat mich auch verlieben.
Nun, gestern traf ich hier mein Ideal
Von damals wieder, - nichts mehr ist geblieben.

FALK.
Hier?

GOLDSTADT *(mit einem ernsten Lächeln.)*
     Hier. Die Frau des Pastors, die Sie kennen -

FALK.
Wie? *Sie,* sie brachte -

GOLDSTADT.   Einst mein Herz zum Brennen.
Ihr trauert' ich so manche Jahre nach,
Und immer stand sie so vor meiner Seele,
Wie sie, das junge Mädchen sonder Fehle,
An einem Frühlingstag einst mit mir sprach.
Nun lodert Ihr in gleicher blinder Glut,
Nun wagt Ihr an das Gleiche Euer Blut, -
Seht, darum sag' ich Euch: Bedenkt Euch ehrlich!
Ihr spielt ein Spiel - Ihr wisst nicht *wie* gefährlich!

FALK.
Ich ließ vorhin das ganze Teegelag'
Mein unerschütterliches Credo wissen -

GOLDSTADT *(den Sinn ergänzend.)*
Dass rechte Liebe, was sie will, vermag -
Trotz Alter, Alltag, Not und Kümmernissen.
Vielleicht, dass man ein Beispiel finden kann, -
Doch sehn Sie's mal von anderm Standpunkt an.
Was *Lieb'* ist, weiß wohl keiner recht zu sagen;
Woher man just den frohen Glauben nimmt,
Man sei zu seligem Doppelsein bestimmt -
Das dürften Sie von niemandem erfragen.
Die Ehe, ja, die ist was Praktisches,
Auch ein Verlöbnis ist schon mehr konkret,
Und leicht erkennt man, wo ein *faktisches*
Verständnis zwischen dem und dem besteht.
Die Lieb' hingegen kürt in *blinder* Minne,
Sie hat das *Weib* nur, nicht die *Frau* im Sinne!
Und wenn nun dieses Weib zu Ihrer Frau
Nicht passt - ?

FALK *(gespannt.)*
           Was dann?

GOLDSTADT *(zuckt mit den Achseln.)*
                    So wankt der ganze Bau.
Ein glückliches Verlöbnis hängt von mehr
Als nur von Liebesschwüren ab, - da gibt
Es Anverwandte, die man gleichfalls liebt,
Doch sie zu einigen ist manchmal schwer.
Die Ehe aber ist ein Ozean
Von Fordrungen, die mit dem schönen Wahn
Der Liebe wenig mehr zu schaffen haben.
Hier frommen keine großen Geistesgaben,

Hier gilt es Häuslichkeit, Genügsamkeit,
Geduld, Fleiß, Pflichtbewusstsein, Fügsamkeit, -
Und viel noch, was des Fräuleins Gegenwart
Mir, weiter auszuführen, wohl erspart.

FALK.
Und darum - ?

GOLDSTADT.   Wenn ich Ihnen raten soll,
So schaun und hören Sie herum im Leben.
Da nimmt ein jedes Paar den Mund so voll,
Als hätt' es Millionen zu vergeben.
Da wird denn spornstreichs zum Altar gerannt,
Ein Nest gebaut, das Glück steht im Zenit;
Ein Weilchen meint man alle Not verbannt;
Dann kommt der Rechnungstag - dann kommt die Gant -
Ja, ja! dann ist das große Haus fallit!
Fallit der Mädchenwangen Jugendglut,
Fallit der Mädchenträume Frühlingsblüte,
Fallit des Mannes siegesfroher Mut,
Fallit ein jeder Funke, der einst glühte;
Fallit, fallit des Hauses ganze Masse -:
Und prahlten doch einst beide, jung und gut,
Als Liebeshandelsfirma erster Klasse!

FALK *(bricht leidenschaftlich in die Worte aus:)*
Das ist ja Lüge!

GOLDSTADT *(unerschütterlich.)*
          Doch vor einer Stunde,
Da war's noch Wahrheit, war's Ihr eigen Wort,
Da Sie hier standen und die Teetischrunde
Bekämpften, - und da klang's auch hier und dort,
Wie jetzt von Ihnen: All das ist ja Lüge!
Doch Ihnen drob zu zürnen, liegt mir fern,

Wir hören alle nicht gerade gern
Vom Tode, tun wir just die letzten Züge.
Sehn Sie den Pastor, der, auf Freiersfüßen,
Mit Art und Witz gemalt und komponiert -
Und sehn ihn nun mit langer Dumpfheit büßen,
Dass er so rasch mit ihr sich kopuliert.
Sie war geschaffen, dass er für sie *schwärmte* -
Doch nicht mit ihr, als seiner Frau, sich härmte.
Und der Kopist mit seinem Verstalent?
Kaum hat der Mann den Hals im Joche liegen,
Ist auch die ganze Reimerei zu End',
Und seine Muse hat seitdem geschwiegen,
In Schlaf gekarrt vom ewig gleichen Jus.
Da seht Ihr deutlich - -
(Betrachtet Schwanhild.)
                    Friert Sie?

SCHWANHILD *(leise.)*   Nein, mich friert nicht.

FALK *(zwingt sich zu einem spöttischen Ton.)*
Und endet's stets mit Minus, nie mit Plus, -
Weswegen spielen *Sie* dann? Denn verliert nicht
In dieser zweifelhaften Lotterie
So der wie jener? Oder halten Sie
Sich selbst für einen, der vom lieben Gott
Speziell zum Bankrotteur geschaffen sei?

GOLDSTADT *(blickt ihn an, lächelt und schüttelt den Kopf.)*
Mein kecker, junger Falk, - was soll der Spott! -
Der Arten sich ein Haus zu baun, sind zwei.
Man kann's auf Illusionskredit hin wagen,
Auf Wechsel felsenfester Zuversicht,
Auf Permanenz von ewigen Jugendtagen
Und auf Unmöglichkeit von Gripp' und Gicht;
Auf Augen, deren Schimmer nie erblindet,

Auf langes Haar und frisches Wangenrot,
Auf Sicherheit, dass all dies nie verschwindet
Und der Perücke Stunde niemals droht.
Man kann's auf stimmungsvolle Träume gründen,
Luftspiegelungen und Sirenensang,
Auf Herzen, die sich täglich neu entzünden,
Wie, da des Jaworts erster Funke sprang.
Wie nennt man doch Geschäfte, so betrieben? -
Man nennt sie Humbug, Humbug, meine Lieben!

FALK.
Sie sind mir ein Versucher, muss ich sagen, -
Dem seine Million nicht Abbruch tut, -
Indessen just *mein* ganzes Hab' und Gut
Zwei Kofferträger durch die Gassen tragen.

GOLDSTADT *(scharf.)*
Was soll das heißen?

FALK.   Nun, worauf beruht
Denn ein *solides* Haus? Ich kann mir's denken; -
Doch wohl auf *Geld* - dem Wundermittel *Geld,*
Das ält'ster Witwen schlotternden Gelenken
Noch Reiz verleiht -

GOLDSTADT.   Ach nein, mein junger Held;
Es ruht doch noch auf mehr als totem Erze.
Es ruht auf Achtung vor des andern Wert,
Auf stiller, warmer Freundschaft, die ein Herze
So tief wie des Berauschten Jubel ehrt;
Darauf, dass man der Pflichterfüllung Segen,
Der Sorgfalt Glück, des Obdachs Frieden kennt,
Den Hausschatz, der sich Selbstverleugnung nennt,
Des Wachens Süßigkeit, das von den Wegen
Der Auserkornen jedes Unheil trennt.

Es ruht auf Händen, die die Wunden lindern,
Auf Schultern, denen jede Last behagt,
Auf Gleichgewicht, das Jahre nicht vermindern,
Auf Armen, deren Treue nie versagt –
(Zu Schwanhild.)
Mit *dem* will ich Ihr Glück zu gründen wagen,
Das ist *mein* Einsatz, – nun entscheid' es sich.
(Schwanhild macht heftige Anstrengungen zu sprechen, Goldstadt erhebt abwehrend die Hand.)
Durchdenken Sie's, eh' Sie mir Antwort sagen!
Und wählen Sie bewusst – Falk oder mich.

FALK.
Und woher wissen Sie –

GOLDSTADT.   Dass Sie sie lieben?
Das stand zu klar auf Ihrer Stirn geschrieben.
Ich gehe jetzt, – nun sprechen *Sie* mit ihr.
(Drückt ihm die Hand.)
Nicht wahr, des Spiels ist nun genug getrieben!
Und können Sie mit Hand und Munde mir
Geloben, stets so über sie zu wachen,
Ihr solch ein Halt, ihr solch ein Trost in Not
Zu sein, wie ich es sein kann, –
(Wendet sich zu Schwanhild.)
                    Gut, so machen
Wir einen Strich durch alles, was *ich* bot.
Dann siegt' ich, siegte ganz in aller Stille; –
Sie werden glücklich, und *das* war mein Wille.
(Zu Falk.)
Noch eins, – das Geld, das nehm' ich doch in Schutz,
's ist doch wohl mehr als eitel Tand und Putz.
Ich steh' allein, hab' keinen Freund auf Erden;
All das, was *mein* ist, das soll Ihrer werden.
Sie sollen mir wie Sohn und Tochter stehen.

Sie wissen wohl, ein Landgut ist noch mein;
Da richt' *ich* mich, hier richten *Sie* sich ein;
Und jährt sich's, wollen wir uns wiedersehen.
Sie kennen mich nun, - prüfen Sie sich gut,
Bedenken Sie, dass auf des Lebens Flut
Allein die Könner, nicht die Schwärmer zählen, - -
Und nun in Gottes Namen - mögt Ihr wählen.

Geht ins Haus ab. Pause. Falk *und* Schwanhild *sehen sich scheu an.*

FALK.
Du zitterst.

SCHWANHILD.
      Und du schweigst.

FALK.   Wie meisterhaft - !

SCHWANHILD.
Er war zu arg.

FALK *(vor sich hin.)*
      Er stahl mir meine Kraft.

SCHWANHILD.
Wie hart er traf.

FALK.   Er wusste gut zu schlagen.

SCHWANHILD.
Als würd' ein Bau bis unten abgetragen, -
So war's.
(Ihm näher.)
      Was schien uns alles aufgeschlossen,

Da uns die Welt zu Einsamen geprägt,
Und unsere Gedanken sich ergossen,
Wie Brandung nachts an stille Ufer schlägt.
Wie meinten wir schon jede Schlacht gewonnen,
Wie sahn wir uns auf ewig treu gesellt; -
Da kam er mit den Gaben dieser Welt -
Und pflanzte Zweifel, - und da war's zerronnen.

FALK *(mit wilder Energie.)*
Reiß es aus deinem Herzen! Was er sprach,
Ist wahr für andre, - uns war es gelogen!

SCHWANHILD *(schüttelt still das Haupt.)*
Das Korn, das einmal Hagel niederbrach,
Kann niemals wieder hoch im Winde wogen.

FALK *(mit hervorbrechender Angst.)*
Doch *wir* -!

SCHWANHILD.
        Was war's doch, was wir eben lernten?
Der Mensch, der Lüge sät, wird Tränen ernten.
Die andern, sagst du? Glaubst du, Lieber, nicht,
Dass so wie du und ich ein jeder spricht,
Dass jeder sich als Blitzgefeiten achtet,
Den nie ein Sturm zu Boden schlagen wird,
Und dem, was fern am Horizonte nachtet,
Nie auf Gewitterschwingen tagen wird?

FALK.
Die andern plagen sich mit hundert Fragen;
Ich will nur deine Liebe, sie allein.
Mag einer doch den andern überschrein, -
Ich will dich still auf starken Armen tragen.

SCHWANHILD.
Und wenn nun diese Liebe doch einst bräche,
Was für ein Pfeiler rettet dann das Haus?
Hast du dann das, was doch noch Glück verspräche?

FALK.
Nein, mit der Liebe wäre alles aus.

SCHWANHILD.
Und kannst du mir dein heilig Jawort geben,
Dass nie sie welken soll, sich nie verjähren,
Nein, dass sie, so wie heut, das *ganze* Leben
Lang duften soll?

FALK *(nach einer kurzen Pause.)*
    Sie dürfte *lange* währen.

SCHWANHILD *(schmerzlich.)*
Oh, "lange", "lange", - Wort, so arm, so trist!
Wie kann man Liebe so mit Maßen messen?
Das heißt, die Faust ihr um die Kehle pressen.
"Ich glaube, dass die Lieb' unendlich ist" -
Das Lied soll also schweigen, und statt dessen
Soll sein: "Ich liebte dich vor Jahresfrist."
(Wie von einer mächtigen Eingebung emporgerichtet.)
Nein, *so* soll unser Glückstag nicht verfärben,
Wie hinter Wolken Abendglut verfahlt,
Nein, *unsre* Sonne soll am Mittag sterben,
Da sie in ihren schönsten Feuern strahlt!

FALK *(erschrocken.)*
Was willst du, Schwanhild?

SCHWANHILD.   Dass uns unverloren
Der Lenz sein treues Sonnenantlitz zeige,

Dass deiner Seele Nachtigall nie schweige
Noch je vergess', dass sie in ihm geboren, -
Dass nie des Winters weite Leichendecke
Auf unsre Träume sinke, kalt und bleich, -
Dass unsre Lieb', die frohe, siegeskecke,
Kein Siechtum zehre, kein Verfall beflecke, -
Sie sterbe, wie sie lebte, jung und reich!

FALK *(in tiefem Schmerz.)*
Und fern von dir - was war' mir da mein Leben!

SCHWANHILD.
Was wär' es *bei* mir, - wenn die Liebe fehlte?

FALK.
Ein Heim!

SCHWANHILD.
      Wo sich das Glück mit Sterben quälte.
(Kraftvoll.)
Dir Frau zu sein, ward mir nicht Kraft gegeben, -
Es wäre nutzlos, wenn ich mir's verhehlte.
Die Lieb', als heitres Spiel, - das konnt' ich wagen,
Doch käm' ihr Ernst, ich würde bald versagen.
(Näher und mit wachsendem Feuer.)
Nun jubelten wir einen Lenzrausch lang, -
Nun kein Geträum', kein schlaffes Polsterliegen!
Lass deinen Geist in brausendem Gesang
Mit jungen Göttern um die Wette fliegen!
Und ist es auch gekentert, unser Boot, -
Ein Brett blieb über Wasser, - keine Not!
Dem kühnen Schwimmer winken Lichtgestade!
Das Glück, das lass versinken, lass dem Tod, -
Doch unsre *Liebe* rührt - oh Gott der Gnade,
Der du im Sturm ihr Retter warst! - kein Schade!

FALK.
Oh, ich versteh' dich, Schwanhild! Aber muss
Es denn grad' *jetzt* sein, an den offnen Toren
Der Welt, - grad' *heut* sein, wo der Sonnenkuss
Des Frühlings eben unsren Bund geboren!

SCHWANHILD.
Grad' heut. Entscheiden wir's nicht *heut*, ja dann -
Dann geht's nur noch bergab, nicht mehr bergan.
Und wehe, werden wir einst auferstehn,
Und werden uns vor unserm Richter sehn,
Und wird er, als gerechter Gott, den Hort,
Den er uns anvertraut, zurückbegehren, -
Und wir, wir müssen mit dem düstren Wort
"Verloren!" selber jeder Gnade wehren!

FALK *(fest und entschlossen.)*
So wirf den Ring fort!

SCHWANHILD *(feurig.)* Ja?

FALK.   Ja, Schwanhild, ja!
Ich komme nur auf *diesem* Weg dir nah!
Wie erst dem Tod der ewige Tag entstrebt,
Empfängt auch Lieb' erst wahren Lebens Ehren,
Wenn sie, erlöst von Sehnsucht und Begehren,
Zur Heimat der Erinnerung entschwebt!
Ja, wirf ihn fort!

SCHWANHILD *(jubelnd.)*
            So tat ich meine Pflicht!
Ich füllte dein Gemüt mit Lied und Licht!
Flieg frei! Du hast dich siegreich aufgeschwungen, -
Und Schwanhild hat ihr Schwanenlied gesungen!
(Zieht den Ring vom Finger und drückt einen Kuss darauf.)

Hinab, mein Traum! Hinab, Welteitelkeit!
Da nimm mein Opfer, tiefer, bittrer Bronnen!
(Tut ein paar Schritte nach dem Hintergrund, wirft den Ring in den Fjord hinaus und nähert sich Falk mit verklärten Zügen.)
Nun hab' ich dich verloren für die Zeit -
Doch dich auf Ewigkeit dafür gewonnen!

FALK *(kraftvoll.)*
Ans Werk nun, hüben der und drüben der!
Auf Erden kreuzt sich unser Weg nie mehr.
Ein jeder geh' den seinen ohne Klage!
Auch uns beschlug der Neuzeit Fieberdampf;
Wir wollten Siegespreise ohne Kampf,
Wir wollten Sabbat ohne Werkeltage,
Obschon die Pflicht sprach: *Kämpfe und entsage!*

SCHWANHILD.
Doch, Falk, nicht siech!

FALK.   Nein, - mit der Wahrheit Mut.
Uns droht kein Irrlicht trügerischer Flut;
Denn die Erinnerung, die *wir* erwarben,
Steht unverrückbar überm Wolkentrott,
In siebenfachen Regenbogenfarben
Als Wunderzeichen zwischen uns und Gott.
In *ihrem* Schein gehst du zu stillen Pflichten -

SCHWANHILD.
Und du empor zu ewigen Gedichten!

FALK.
Als Dichter, ja, - denn das ist jeder Mann,
Ob er als Lehrer, Priester, Redner handelt,
Ob er ein Geistwerk oder Handwerk kann,
Der mit dem Ideal vor Augen wandelt.

Jawohl, *empor!* Mein Flugross steht bereit, -
Mein Lebenswerk, ich weiß, es ist geweiht!
Lebwohl!

SCHWANHILD.
    Lebwohl!

FALK *(umarmt sie.)*   Ein Kuss -!

SCHWANHILD.   Der letzte Kuss!
(Reißt sich los.)
Nun kann ich tragen, was ich tragen muss!

FALK.
Und würd' auf Erden alles Licht ein Spott,
Der Lichtgedanke lebt, denn der ist Gott.

SCHWANHILD *(entfernt sich nach dem Hintergrund.)*
Lebwohl!
(Geht weiter.)

FALK.   Lebwohl! - Und was uns auch geschah, -
(Schwenkt den Hut.)
Die Lieb' auf Gottes schöner Welt, hurra!

Die Tür öffnet sich. Falk *geht nach rechts hinüber. Die jüngeren Gäste drängen in lauter Fröhlichkeit heraus.*

DIE JUNGEN MÄDCHEN.
Zum Tanz, zum Tanz!

EINE STIMME.   Das Leben ist ein Tanz!

EINE ANDERE.
Zum Tanz in Blütenduft und Sternenglanz!

MEHRERE.
Ja, tanzen, tanzen!

ALLE.　　　　　Schlingt den Reigenkranz!

Stüber *und* Strohmann *kommen Arm in Arm. Dahinter* Frau Strohmann *und die Kinder.*

STÜBER.
Ja, du und ich sind Freunde von heut an.

STROHMANN.
Und ich und du stehn künftig *einen* Mann.

STÜBER.
Und stützt dies Säulenpaar des Staats Gebäude -

STROHMANN.
Ersprießt für jeglichen -

STÜBER *(rasch.)*　　　Gewinn!

STROHMANN.　　　　　Und Freude.

Frau Halm, Lind, Anna, Goldstadt *und* Fräulein Elster *samt den übrigen Gästen erscheinen. Die Augen der ganzen Familie suchen Falk und Schwanhild. Allgemeine Verblüfftheit, da man jeden für sich allein sieht.*

FRL. ELSTER *(inmitten der Tanten, schlägt die Hände zusammen.)*
Wie? Geh' ich denn in Träumen oder Wachen?

LIND, *(der nichts gemerkt hat.)*
Ich will mich doch an meinen - Schwager machen.

(Zugleich mit mehreren anderen Gästen nähert er sich Falk; aber er fährt bei seinem Anblick unwillkürlich einen Schritt zurück und bricht in die Worte aus:)
Was ist mit *dir* geschehn? Du hast wie Janus
Zwei Antlitze!

FALK *(mit einem Lächeln.)*
          Ich rufe mit Montanus:
Die Erd' ist flach, Messieurs; - nun ist's entschieden;
Flach wie ein Fladen, - seid Ihr's nun zufrieden?
(Geht rasch rechts ab.)

FRL. ELSTER.
Ein Korb!

DIE TANTEN.
      Ein Korb?

FRAU HALM.   Nur still! Nichts weiter sagen!
(Geht zu Schwanhild hinüber.)

FRAU STROHMANN *(zum Pastor.)*
Denk dir, ein Korb!

STROHMANN.   So ist es möglich?

FRL. ELSTER.   Ja.

DIE DAMEN *(durcheinander.)*
Ein Korb! Ein Korb!

Einzelne Gruppen bilden sich weiter drinnen im Garten.

STÜBER *(wie versteinert.)*
        Er hat sich angetragen?

STROHMANN.
Ja, denk dir, du! Er höhnte uns, haha -
(Sie sehen einander sprachlos an.)

ANNA *(zu Lind.)*
Ganz recht! Sein Poltern ging doch übern Scherz.

LIND *(umarmt und küsst sie.)*
Hurra, nun bist du mein in allen Teilen!
(Sie gehen tiefer in den Garten.)

GOLDSTADT *(blickt auf Schwanhild zurück.)*
Hier ist wohl ein gebrochnes junges Herz;
Doch was in ihm noch lebt, das will ich heilen.

STROHMANN *(gewinnt die Sprache wieder und umarmt Stüber.)*
Nun ist der Teufel endlich ausgetrieben,
Und du magst deine Elster weiter lieben!

STÜBER.
Und du magst Jähr- um Jährlein dein Geschlecht
Mit jungen Strohmännern vergnügt vermehrt sehn!

STROHMANN *(reibt sich vergnügt die Hände und sieht hinaus nach Falk.)*
Das freut mich, das geschah dem Burschen recht; -
Möcht' jeder Weisheitsrab' sich so belehrt sehn.

Sie gehen im Gespräch nach hinten, während Frau Halm *sich mit* Schwanhild *nähert.*

FRAU HALM *(leise, eifrig.)*
Und dich hält nichts?

SCHWANHILD.   Nein, nichts auf dieser Welt.

FRAU HALM.
Nun gut, - so kennst du einer Tochter Pflicht -

SCHWANHILD.
Bestimme!

FRAU HALM. Danke, Kind!
(Mit einem Wink nach Goldstadt hin.)
              Verschmäh ihn nicht;
Der Mann ist reich, - und wenn dich sonst nichts hält -

SCHWANHILD.
Nur eins verlange ich bei diesem Pakt:
Fort, fort von hier -

FRAU HALM.   Das riet auch ihm sein Takt.

SCHWANHILD.
Und Frist -

FRAU HALM.   Wie lang? Dir winkt ein Glück vor allen -

SCHWANHILD *(lächelt still.)*
Nicht lang mehr; nur noch bis die Blätter fallen.
(Sie geht nach der Veranda hinüber; Frau Halm sucht Goldstadt auf.)

STROHMANN *(unter den Gästen.)*
Eins, Freunde, hat uns dieser Tag gelehrt:
Wie dicht auch Zweifelsschlangen uns umliegen,
Lässt doch zuletzt der Wahrheit gutes Schwert
Die Liebe siegen -

DIE GÄSTE. Ja, die Liebe siegen!
(Sie umarmen und küssen sich paarweis. Draußen links hört man Lachen und Singen.)

FRL. ELSTER.
Was ist das?

ANNA. Die Studenten!

LIND. Die Kapelle,
Die ins Gebirg will - das Quartett -, und ich
Hab' rein vergessen -

Die Studenten kommen links herein und bleiben am Eingang stehen.

EIN STUDENT *(zu Lind.)* Hier sind wir zur Stelle.

FRAU HALM.
Sie suchen Lind?

FRL. ELSTER. Ja, das ist ärgerlich,
Der ist verlobt -

EINE TANTE. Und Sie begreifen, - nun,
Hat er im Grünen weiter nichts zu tun.

DER STUDENT.
Verlobt!

ALLE STUDENTEN.
Wir gratulieren!

LIND. Besten Dank!

DER STUDENT *(zu den Kameraden.)*
So läg' das Sängerboot denn auf 'ner Bank.
Was machen wir? Nun fehlt uns der Tenor.

FALK, *(der von rechts kommt, in Sommeranzug, mit Studentenmütze, Ranzen und Stock:)*
Den sing' ich in Norwegens Jugendchor!

DIE STUDENTEN.
Du, Falk! Hurra!

FALK.   Hinaus in Gottes Welt,
Wie Bienenvolk, das seinen Ausflug hält!
Ich trag' ein Lautenspiel in meiner Brust,
Das schwingt von zweier Saitenreihen Klange:
Die *oben* tönt von jeder Lebenslust,
Doch *drunter* zittert's heimlich, tief und lange.
(Zu einzelnen Studenten.)
Du hast Papier für Skizzen? - Du für Lieder?
So schwärmt denn, Bienen, aus ins grüne Laub, -
Einst bringen wir der Heimat Blütenstaub
Der Königin und großen Mutter wieder!
(Zur Gesellschaft gewendet, während die Studenten abgehen, und das Chorlied des ersten Aktes draußen leise angestimmt wird.)
Vergebt mir alles, des ich mich vermessen,
So will auch *ich* vergeben -
(leise:)
                      nicht vergessen.

STROHMANN *(in übermäßiger Freude.)*
Nun ist der Glückstopf wieder ohne Fehle!
Mein Weib hat eine Hoffnung, eine reizende -
(Zieht ihn flüsternd beiseite.)
Vorhin vertraute mir die gute Seele -

(Man hört von seinen Worten nur noch:)
Geht alles gut ... St. Michelstag ... das Dreizehnte!

STÜBER *(mit Fräulein Elster unter dem Arm, wendet sich zu Falk, lächelt triumphierend, und sagt, während er auf den Pastor deutet:)*
Ich krieg' die hundert Taler, richt' mich ein -

FRL. ELSTER *(verneigt sich ironisch.)*
Zum Christ kann ich mein Mädchenkleid verschenken.

ANNA *(ebenso, während sie den Arm ihres Bräutigams nimmt.)*
Mein Lind bleibt hier, lässt Glauben Glauben sein -

LIND *(sucht seine Verlegenheit zu verbergen.)*
Und predigt Mädchenschul- statt Kirchenbänken.

FRAU HALM.
Ich lehre Anna'n einen Hausstand leiten -

GOLDSTADT *(ernst.)*
Ich geh' an ein bescheidenes Gedicht
Von einem Mann und seiner heiligen Pflicht.

FALK *(mit einem Lächeln über die Menge hin.)*
Und ich empor - zu tausend Möglichkeiten!
Lebt wohl!
(Mit gedämpfter Stimme zu Schwanhild.)
      Mein Frühlingslieb, Gott segne dich!
Wo ich auch bin, - mein Werk soll dich umschweben!
(Schwenkt den Hut und folgt den Studenten.)

SCHWANHILD *(sieht ihm einen Augenblick nach und sagt still, aber fest:)*

Nun ist es aus, mein frisches Freiheitsleben;
Nun fällt das Laub, - nun, Welt, empfange mich!

In diesem Augenblick wird am Piano zum Tanz aufgespielt, und die Champagnerpfropfen knallen im Hintergrund. Die Herren, ihre Damen am Arm, rennen durcheinander; Goldstadt *nähert sich* Schwanhild *und verbeugt sich vor ihr; sie fährt einen Moment zusammen, fasst sich aber und reicht ihm die Hand.* Frau Halm *und die nächsten Familienangehörigen, die die Szene mit Spannung beobachtet haben, eilen herzu und umringen das Paar unter dem Ausdruck lauter Freude, die jedoch von der Musik und der Munterkeit der tiefer im Garten Tanzenden übertönt wird.*

Aber weit droben vom Lande her, die Tanzmusik übertönend, singen kräftig und keck

FALK UND DER CHOR DER STUDENTEN.
Und segelte ich auch mein Boot in den Grund,
Oh, so war es doch selig zu fahren!

DIE MEISTEN AUF DER BÜHNE.   Hurra!

Tanz und Jubel; der Vorhang fällt.